마시멜로 언덕

마
시
멜
로

언
덕

김조을해 소설

북인더갭
BOOKintheGAP

|차례|

연금술사에게 007

마시멜로 언덕 033

아디오스 탱고 053

옛 노래 3—비교감상학 시간 081

옛 노래 1—겨울 순서 121

누군가 161

야곱의 강 205


작가의 말 252

연금술사에게

1

보름 전 비오는 날 낙원상가에 들르는 게 아니었다. 머리를
풀어헤친 채 집 밖을 나서는 것도 아니었다. 무엇보다, 회색 점
퍼 입은 아저씨에게 말려드는 게 아니었다. 이 모든 건 쓸 만한
중고피아노가 나왔다며 나를 붙잡은 낯선 아저씨 때문이었다.

나는 천천히 걷고 있었다. 상점 통로를 걷다 짙은 밤색 피아
노를 보다 말고 피아노 모양의 거대한 초콜릿을 상상하며 혼
자 웃었던 것 말고는 달리 생각나는 것도 없다. 동생이 치던 피
아노보다 색이 좀 진한 듯한 피아노 앞에서 동생과 부모님을

순간적으로 떠올렸다. 그 바닥이 그 바닥인 지방 소도시에서 상경하기로 결단을 내리고, 부모님 허락을 반억지로 받아내고, 내 몸뚱이 일부분인 양 떼어낼 수 없었던 동생을 떨쳐버리던 날이 생각났다. '푼돈을 벌기 위해 시간을 낭비해선 안 된다'는 아버지 목소리가 때마침 피아노 속에서 들렸다. 그런 무책임한 말이 어딨어요 아버지, 나는 속으로 응수했다. 확신하건대 피아노에 손을 대지는 않았다.

"지난주에도 왔었잖아?"

아저씨는 대뜸 반말이었다. 내 가방을 계속 툭툭 치며 웃었다.

"아뇨."

"머리 묶고 왔었잖아? 오늘 보니 머리를 안 묶어서 그런가 딴 사람 같구만."

"아뇨."

아뇨, 라는 말 말고 다른 말은 생각나지 않았다.

"한번 쳐봐. 오늘 오전에 조율해놓은 거야."

아저씨는 자기가 앉았던 의자를 통로로 내주었다. 당황한 나는 주위를 둘러보았다. 건너편 가게 사람들도 팔짱을 낀 채 매달린 전자기타 사이로 나를 주시했다. 때마침 불규칙적으로 상가 안을 울리던 드럼 소리며 기타 소리마저 사라졌다.

"아, 이왕이면 지난번에 쳤던 걸루. 아주 좋던걸. 아직도 기억이 나."

혼자 거리를 걷다가도 그때를 생각하면 얼굴이 달아올랐다. 지하철을 타고 그 생각을 하다 내릴 역을 지나쳐 다시 갈아타고 돌아온 적도 있었다. 그런 날이면 소음과 먼지와 낯선 이들로 들끓는 지하를 쉽게 벗어나지 못했다.

나는 그때 거의 울먹이는 소리로 난 피아노 칠 줄 몰라요, 하며 도망치고 말았다. 도망치다 운동복 입은 남자들과 부딪히기도 했는데, 하나같이 머리가 긴 그 남자들이 내게 뭔가를 쥐여준 것 같기도 하고 내가 그 남자들을 먼저 가방으로 밀친 것 같기도 했다. 그렇게 상가를 정신없이 빠져나와 사람들 틈을 달리다보니 인사동 골목 어느 상점 앞이었다. 그 순간에는 비를 피할 곳을 찾아 다행이라는 생각뿐이었다. 방금 전 내게 어떤 일이 있었는가는 기억나지 않았다.

비는 계속 내렸다. 조용했다. 전속력으로 달렸는데 그다지 숨이 차지도 않았다. 가방에 우산이 있었다. 그러나 꺼내 쓸 생각까지는 하지 못했다. 아무 근거 없이 순식간에 극도의 공포감을 느끼며 넋을 잃고보니, 또 그것을 까맣게 잊고 단절된 시간 속을 달려오고보니 날은 이미 어두워져 있었다. 낙원상가에 들를 이유는 당연히 없었다. 도망칠 까닭도 없었다. 사람들이 나를 놀린다, 어제 일기에 그렇게 쓴 기억이 났다. 이마에 떨어진 가는 빗방울을 손바닥으로 닦으며 거리를 바라보았다.

그때였다. 내 눈앞으로 가로막대가 질서 있게, 약 3초 간격으로 하나 하나 내려오는 게 보였다. 영문도 모른 채 가방을 꽉 껴안고만 있는 내 앞으로 막대는 계속 내려왔다. 위를 올려다보았다. 셔터였다. 막대셔터는 나를 가둔 채 아래로 내려오고 있었다. 내 어깨까지 덧문이 내려온 찰나 뒤를 돌아보았다. 카운터에만 불이 켜진 어둑한 상점 안, 개량한복을 입은 마네킹 사이로 한 사람과 눈이 마주쳤다. 여자인지 남자인지 쉽게 분간할 수 없는 창백한 얼굴이 카운터 불빛 아래 있었다. 그러나 안의 사람은 나와 눈이 마주친 순간 몸을 약간 옆으로 비키면서 곧 불빛을 피했다. 저 사람이 분명 안에서 자동셔터 단추를 눌렀을 것이다. 내가 이 앞에 서 있는 걸 뻔히 보면서도 나를 해치려 준비했을 것이다. 비열한 인간. 그 사람은 불빛 아래 다시 나타났다간 마네킹 뒤로 몸을 서서히 움직이며 나를 향해 웃었다. 소름끼치는 웃음이었다. 삐그덕 하는 소리에 다시 앞을 향했다. 덧문이 허리께까지 내려왔다. 내려오는 막대를 두 팔로 막아보려 안간힘을 썼다. 무리하게 힘을 준 탓인지 팔과 다리는 물론 손가락과 턱에까지 경련이 일었다. 뻣뻣해진 몸으로 셔터를 잡고 중심을 잡으려 애썼다. 그러자 안에서 웃는 소리가 들렸다. 뒤를 돌아보았다. 그 사람이 나를 향해 들어오라는 손짓을 했다. 그 손짓은 차마 평화롭기까지 했다. 그러나 마주잡기엔 치떨리는 손이었다. 쓰레기, 나는 덜덜 떨며 중얼거렸다. 막대가 다리 아래로 내려가는 게 보였다. 세상이 끝나는 게 보였다. 중고피아노도, 초콜릿도, 밤비도 다 마지막으로 예정된 것들일 수 있었다. 그렇다 해도 이유 없이 나를 모욕하는 것들 앞에서 두려워 떨 수만은 없었다. 나는 본능적으로 젖은 바닥으로 몸을 굽혔다. 팔꿈치에 온몸을 맡겼다. 가방을 세게 껴안고 덧문 아래로 기어나오는 동안 눈을 뜰 수가 없었다. 숨이 차 동작을 잠시 멈춘 순간 셔터가 내 등을 묵직하게 내리누르는 게 느껴졌다. 두 눈이 번쩍 떠졌다. 안 돼, 겁에 질려 흐느끼며 무거운 두 다리를 죽을힘을 다해 끌어냈다. 나와서는 턱과 손이 떨리고 다리가 펴지질 않아 젖은 땅에 그냥 쓰러져버리고 말았다. 셔터는 땅에 내려와 당당하게 멈췄고, 그 순간 카운터 불은 기다렸다는 듯 꺼져버렸다. 사람은 더이상 보이지 않았다. 다만 개량한복을 입은 마네킹만이 자기는 아무것도 모르는 일이라는 듯 두 팔을 든 채 유령처럼 서 있을 뿐이었다.

지나가던 한 남자가 고맙게도 나를 일으켜주었다. 나는 나를 일으켜준 사람 팔에 전적으로 몸을 의지한 채 겨우 물었다.

"봤죠?"

남자는 입을 벌린 채 나만 바라보았다.

"방금 봤죠?"

"괜찮으세요? 이마에 피가,"

"못 봤어요?"

그 사람이 팔을 내 몸에서 약간 빼내며 괜찮으세요, 하고 또 물었다.

"내가 저 안에 갇힐 뻔했어요. 난 낙원상가에서도……, 아니, 아니요 내가 여기 서 있는 걸 보면서도 저 안에 있는 사람이 자동셔터를 내리며 나를 가두려고 했어요. 나더러 들어오라고까지 했어요. 여보세요, 아무 잘못도 없는 날 해치려고 그랬어요. 잠깐만요, 정말이에요, 가지 마세요."

그 사람은 이런 세상에, 중얼거리며 있는 힘껏 나를 밀어내더니 안국동 쪽으로 급히 걸음을 옮겼다.

젖은 몸이 떨려오기 시작했다. 속에서 역겨운 기운이 올라왔다. 개량한복집 앞에다 끈적거리는 침을 두어 번 뱉었다. 고약한 냄새가 내 안에서 풍겼다. 쓰라린 이마를 손바닥으로 만져보았다. 손바닥에 피가 묻어났다.

다시 살아났다. 그러나 안심할 수는 없었다. 하숙집으로 가는 길이었다는 게 기적처럼 떠올랐다. 발길을 돌렸다. 종로 방향으로 걸었다. 낙원상가 앞에서 누구를 향한 분노인지도 모를, 아니 수치심인지 적개심인지 절망감인지, 당장에 뭐라고 규정하기도 힘든 더러운 기분에 휩싸여 나는 이를 악물지 않을 수 없었다.

크게 다친 곳은 없었다. 남들에게 어떤 종류의 상처를 어느 강도로 받았다고 명쾌하게 설명할 수 없어 마음이 무거울 뿐이었다. 내게 이런 일이 있었어, 라고 쉽게 말을 꺼낼 수 없어 소화도 잘 되지 않았다.

만성 감기 증세에 시달린 환절기 동안 머리카락은 눈에 띄게 더 자랐다. 영양상태며 정신상태가 엉망인데도 신기하게 자라났다. 의혹과 환멸의 힘이 머리카락도 자라게 하는 것일까. 그렇다면 이것을 잘라내야 하는가 말아야 하는가. 몸 구석 터럭 하나의 반응에도 민감해질 정도로 나는 불쾌했다. 외로움과 권태로움이 어깨와 등을 덮은 채 내 몸에서 떨어지지 않았다. 이런 칙칙한 체험이 이제는 지겨웠다.

가방 속에서 '진광피아노사 정대수'라고 씌어진 명함을 찾아낸 즉시 두꺼운 검정 스웨터를 꺼내 입었다. 아무 일 없었다는 듯 인사동엘 다시 찾아가보기로 했다. 이 명함이 내 가방에 들어오기까지의 과정에 대해선 아무것도 알 수 없었다. 차라리 이건 행운이었다. 단서도 아니고 암시도 아닌, 깔끔한 명함 한 장이었다. 당하는 김에, 혼자 중얼거리며 창천동 하숙집을 나섰다.

이마의 상처를 앞머리로 가리고 해질녘 주말 거리를 혼자 걷는 게 그리 유쾌하지만은 않았다. 특히 그 거리에서도 안국동에 다다른 지점 어느 오른편 골목, 그 골목 안쪽의 작은 가게를 몰래 찾아가는 발걸음은. 자꾸 사람들 눈을 피하며 인사동 거리를 걸었다. 그곳에 가까워질수록 그날 밤과 비슷한 구토 증세가 나타났다. 미행당하는 기분에 여러 번 뒤를 돌아보기도 했다. 내 몸뚱어리조차 내 뜻대로 가눌 수 없었던 기이한 체험 이후로 나는 모두를 의심했다. 당신이야? 왼쪽 이마의 상처를 매만지며 지나가는 사람 하나 하나를 관찰했다. 당신이야? 당신이 나를 가두려 했어? 당신이 나를 내팽개쳤어? 당신이 나를 조롱했어?

　그러나 막상 그 골목에 도착해 상점 앞에 섰을 때 나는 너무해,라는 말도 제대로 내뱉지 못한 채 그저 고개를 저을 수밖에 없었다. 누군가 장난을 친 것이 분명했다. 개량한복집 같은 건 어디에도 보이지 않았다. 한복집이었던 자리에는 필방이 차려져 있었다. 다시 볼 것도 없이 내가 찾은 위치는 정확했다. 가게 안은 조용했고 안에 사람의 모습은 보이지 않았다.

　순간 강력한 물리적 힘에 의해 걸음이 옮겨졌다. 낙원상가가 떠올랐다. 다시 그곳엘 찾아가 무엇을 어쩌겠다는 생각 같은 건 처음부터 없었다. 단지 낙원상가와 인사동에서의 체험이 어떤 상관관계를 갖고 내가 피하려는 곳으로 나를 유인한다는 느낌이 몸을 가만있지 못하게 했다. 정확한 걸음으로 걸었다. 걷다 말고 갑자기 긴 머리가 생각났다. 거추장스러웠다. 가방에서 밤색 머리끈을 꺼내 머리를 단단히 묶었다. 그러고는 찾아가고자 했던 낙원상가를 거침없이 지나쳐 갔다. 사거리에 와서야 낙원상가를 지나쳐 온 걸 알아차렸다. 상가 건물이 나를 떠민 건 아니었을까. 나는 누군가 미는 대로 걸었을 뿐이었다. 뻣뻣하게 걸음을 멈췄다. 가려는 방향을 알아낸 듯 신호등이 바뀌자마자 길 건너 눈에 띄는 아무 곳으로 향했다. 이번에는 사람들이 미는 대로 저항 없이 걸었다.

　그 안에서 쇼팽의 피아노곡이 담긴 씨디를 사들고 나오는 동안 어떤 질문도 생각나지 않았다. 동생에게 보내기 위한 것도, 남에게 선물로 주려는 것도 아닌, 내가 듣기 위해 산 씨디였다. 극히 당연했다. 물론 처음 있는 일이었다. 그러나 1초라도 망설이지 않았다. 즉흥적이었지만 어느 때보다 진지했다. 이 안에는 어떤 암호가 숨겨져 있을지도 몰랐다. 다른 언어, 다른 세계. 그러니까 광기 내지는 치기, 아니면 허기. 음악과는 어떤 방식으로 소통해야 하는지. 마음이 급해졌다.

음악을 듣는다, 이건 꿈에도 생각하지 못한 일이다. 불가능했던 일들이 서울에서는 가능한 일로 변한다. 겁을 먹게 되는 것도, 떠밀려 걷게 되는 것도, 음악을 듣게 되는 것도.

음악은 나의 존재를 무시한 채 주위를 장악하며 다가온다. 다른 사람들은 이런 포위당하는 감정의 결을 굳이 '감동'이라 표현할 것이다. 내가 엎드려 있건, 일어나 허리에 두 손을 짚고 있건, 책상 앞에 굳은 듯 앉아 있건, 풀어진 라면을 후루룩거리며 먹고 있건, 음악은 동일하게 긴장을 내뿜어온다.

그러나 한편에선 누군가 이건 음이 아니라고 자꾸 속삭인다. 나는 무엇을 들어야 할지 몰라 음 앞에서 당황해한다. 동생에게 전화를 건다. 나 요즘 쇼팽을 들어, 이렇게 말하면 동생은 감격한 나머지 울음이라도 터뜨릴 것이다. 그런데 무엇을 들어야 하는 건지 모르겠어. 그러면 동생은 안타까운 마음에 당장 서울로 올라오는 기차표를 끊을 것이다.

내 귀에는 음이 들리지 않는다. 어떤 단편적인 선율도 남지 않는다. 이런 순간에는 지금껏 내가 착하게 살아왔던가 못되게 살아왔던가를 자문하게 된다. 우스운 일이다. 이 세상에서 가장 길고 절실한 참회록이라도 써야 음악 앞에서 떳떳할 수 있는 것일까. 그렇다면 내게 아무것도 들리지 않는 건 당연한 일이 아닐까. 그러나 성스러운 마음으로 음을 기억하고 싶은데, 이것은 나의 마음일까, 과연?

아마도 음악들은 내게 어떤 약속을 하지 않았을까. 나는 약속을 한 기억도 없고 그렇다면 지킬 의무도 없는데, 왜 음악 앞에서 성스러워지는 것일까. 왜 나는 갑자기.


2


여기는 시내 대형서점. 우리는 자기소개서를 써야 하는 중대한 과제를 안고 오늘 만났다. 그 생각만 하면 우울해진다. 밤시간이나 혼자 있는 시간은 되도록 피하고 싶다. 그렇게 어렵게 씌어진 자소서 파일을 영험한 부적인 양 USB에 담아 가방에 넣고 다니며 액운을 피하려는 발걸음도, 채용정보 사이트를 영혼 없이 들락거리는 일도, 휴대전화에 매달려 유령회사로 문의 전화를 해대는 일도, 이번이 다 마지막이길.

여기는 분식집. 출출해서 참치김밥과 쫄면, 순대를 시켜 먹었다. 김밥에는 참치가 별로 없었고, 쫄면은 너무 달았고, 순대는 질겼다. 무엇을 먹어도 맛있다는 느낌이 없는 게 못마땅하다.

여기는 카페. 종로 2가 쪽으로 걸어와 따뜻한 게 마시고 싶어 들어왔다. 카페 이름은 노벰버$^{November}$, 계절적으로 어울리는 이름이다. 11월. 누구도 11월을 피할 수는 없다. 11월에는 모든 게 느리다. 지구도 태양을 돌다 멈칫할 때가 있다면 그때가 바로 11월일 것이다. 조금만 더 돌면 한바퀴다, 지구도 잠깐 쉬면서 이렇게 중얼거릴 것이다. 태양도 그런 지구를 채근하지 않을 것이다. 왜냐하면 11월이니까. 아직 춥지는 않다. 그러나 사람들은 물론이거니와 동물들도 추위를 걱정한다. 땔감과 먹을 것을 걱정한다. 몸을 따뜻하게 누일 집을 그리워한다. 서둘러 방한복을 사들인다. 모든 걸 미리 걱정하게 하는 달, 그래서 준비하게 하는 달, 그러나 결국엔 마지막을 예감하는 불안한 달, 그러한 11월의 이른 저녁나절이다.

2층 창가 구석 자리에 앉는다. 한주는 핫초코를 시켰고 나는 아이스 아메리카노를 시켰다. 길거리에서 내내 들었던 어쿠스틱 기타의 조용한 선율이 카페 안에서도 흘러나온다.

"잘 봐, 이 수녀는 등이 완전 굽었어. 알고도 샀지?"

한주가 자신의 백팩을 들고 내 옆자리로 건너온다. 나는 고개를 끄덕이며 내 가방을 치워준다. 그가 옆으로 오니까 비로소 안정감이 생긴다.

"수녀랑 손잡고 있는 침대의 노인은 곧 죽을상이고. 보여?"

"수녀가 기도해주면 살겠지."

"웃기시네."

한주가 장난 삼아 내 손목을 비튼다. 그러나 그것도 성에 차지 않는지 팔을 등 뒤로 살짝 꺾는다. 궁상맞은 엽서 따위들은 그만 모으라고.

"사려면 그걸 샀어야지."

한주는 자신이 극구 권하던 사진엽서 얘기를 또 꺼낸다.

"기억해?"

사진 속의 어린아이를 떠올려본다. 맨몸으로 강물에서 놀던 금발의 남자아이. 글자도 모르고 배고픔도 모르고 무서움도 모를 것 같은, 그래서 더욱 끔찍해 보이던 아이.

"기억하지."

"근데 왜 불장난하는 이 아이 걸로 샀어?"

"따뜻해 보여서. "

한주는 핫초코잔을 들며 그러세요, 비아냥거린다.

"봐, 바람이 서에서 동으로 불고 있잖아. 연기를 봐. 사진 속에 바람의 방향까지 나타나 있잖아."

한주는 팔꿈치로 내 옆구리를 슬쩍 친다.

"넌, 그런 게 좋으냐?"

그는 내 가방을 가리킨다. 마치 가방 안에 지금까지 모아놓은 모든 궁상맞은 엽서들이 가득 차 있다는 듯.

한동안 말없이 핫초코를 마시더니 드디어 손짓을 한다. 생각보다 빠른 시간 안에 결단을 내렸다. 잔을 치우고, 엽서를 가방에 집어넣고, 사람들 눈치를 한번 보고, 물기를 소매 자락으로 대충 닦아낸 뒤 우리는 약속이나 한 듯 바싹 붙어 앉는다. 이어서 각자 가방에서 노트북을 꺼내 전원을 켠다.

오늘따라 한주는 자신없다는 얼굴로 웃고 있다. 어쩐지 가여워 보인다. 섬세한 손가락, 갸름하게 정돈된 얼굴, 부드러운 뒷목덜미 등 어디 한군데 흐트러진 곳 없어 무의미해 보이기조차 하는 그의 겉모습에 이젠 속지 않는다. 그러나 사람들은 속아넘어간다. 한주의 고단함을 모르는 사람들은 지나가다 종종 발걸음을 멈춘다. 우리는 그들을 못 본 척한다. 하지만 사람들은 당당하게 훑어본다. 한주 자신이야말로 자신의 이러한 겉모습을 못 견뎌하는 이유도 조금은 이해가 간다. 지금 한주와 나는 어느 때보다도 궁지에 몰려 있다.

"쓰자."

우리는 USB를 포트에 꽂고 자소서 파일을 연다. 들여다보니 며칠 전 끄적거리다 만 '성장과정'이 보인다. 역시 막막하다. 내 성장과정에서 남다른 경험과 거기서 얻은 나만의 깨달음은 대체 무엇이란 말인가. 그런 건 없다. 있다 해도 알리고 싶지 않다. 그런데 옆을 바라보니 한주는 창밖만 내다보고 있다. 내가 그의 손등을 톡톡 친다.

"저 새끼 봐라, 어디서……."

한주의 입술이 떨린다. 얼굴이 붉게 달아올라 있다. 굉장히 화가 난 얼굴이다.

"왜 그래?"

"저 새끼,"

한주가 창밖을 가리키며 내 고개도 창 쪽으로 우악스럽게 돌려놓는다.

"저기 검은 옷 입고 가는 놈 보이지? 키 큰 여자랑 팔짱 끼고 가는 놈. 저 새끼 일학년 때부터 강의 하나 제대로 들은 거 없이 신림동 고시원에서 고시공부한답시고 지랄하던 놈인데, 이젠 로스쿨 들어갈 거라고 꼴값만 떨고……."

한주는 하던 말을 멈추고 못 볼 것을 본 듯 자소서로 눈을 돌린다. 밖을 자세히 내려다보니 검은 코트를 입은 짧은 머리의 남자가 한식집으로 막 들어가고 있다. 여자는 딴 곳으로 가자는 듯한 손짓을 한다. 이른 저녁을 먹으려는 걸까. 여자는 걸어왔던 방향으로 혼자 계속 걸어간다. 그러나 남자는 달려가 여자를 끝내 끌고 온다. 결국 두 사람은 한식집으로 들어간다.

쓰자, 한주는 또 혼자 중얼거리며 고개를 숙인다. 단정한 그의 뒷목덜미를 바라보다 어떻게 해야 할지를 몰라 한주의 손등만 살살 쓰다듬는다. 운이 안 좋은 건 한주나 나나 마찬가지인가보다. 마주치지 않아도 될 사람을 마주친다든가, 마주친 적 없는 사람이 나를 반갑게 맞아준다든가, 더욱이 피아노도 칠 줄 모르는 나의 피아노 연주를 기억해준다든가, 그것도 굉장히 갑작스럽고도 안타깝게.

"저 새끼 죽여버리고 싶어."

우리는 정면으로 서로를 마주본다. 한주는 아랫입술을 깨문다. 그의 얼굴은 곧 터질 것 같다.

"내가 너 데리고 우리 학교 처음 놀러 갔을 때, 어디서 어떻게 너를 훔쳐봤는지 니 여자친구 얼굴 봤다고 하면서 저 새끼가 그때 뭐라 했는지 알아. 니 여자친구 표정은 언제라도 옷 벗을 준비가 돼 있는 표정이라고 지껄이던 놈이야. 만만하게 웃어줬지. 상대할 가치도 없었어. 속물 새끼, 정신 나간 새끼야."

우리는 서로 이빨을 보이지 않고 웃느라 애를 쓴다. 극도로 어이없을 때 보이는 공통의 반응. 어깨가 비정상적으로 떨려온다. 나는 나 좀 봐달라는 의미로 흔들리는 그의 어깨에 겨우 손을 얹는다.

"정신 나갔지만, 날카로운 새끼."

내가 한주의 말투와 목소리를 흉내낸다. 한주는 웃음을 참지 못한다. 거의 의자에 쓰러져 웃고 있다.

"그래 쓰자."

한참 만에 우리는 똑바로 앞을 향해 앉으며 다시 노트북을 들여다본다.

고등학교를 졸업하고 아무 생각 없이 대학엘 입학하고, 끝내 내쫓기듯 대학을 졸업하고. 그러고는 쓸 만한 게 없다. 길게는 아홉달, 짧게는 일주일, 이렇게 옮겨다닌 별 거 아닌 경력이란.

"어제 혼자 쓰겠다고 마음먹고선 다 쓰고보니까, 어이없게도 졸업한 해에 뭐 했는지를 빠뜨렸더라."

한주가 남방셔츠 소매를 걷어올리며 말한다.

"밤새 아무리 떠올려도 생각이 안 나. 참, 답답하니까 슬프 더라."

그는 남은 핫초코를 들이켜며 내 노트북 화면을 힐끔거린다.

"넌 기억하냐?"

"월드컵."

"내가 국가대표였냐?"

"설마."

우리는 옆 테이블 사람들이 흘겨볼 만큼 흐느끼며 웃었다.

"이럴 수가 있나?"

"그때 졸업하고 카드회사에 막 입사하지 않았어?"

한주는 탁자를 쿵 친다. 열심히 한 줄을 채워 나가는 모습이 귀여워 보인다. 그해엔 에어쇼를 구경하며 급상승하는 비행기 가 곧 우리 앞날의 운명이라고 서로를 격려하던 멋진 계절이 있기도 했다. 나는 그해 초여름에 구경했던 에어쇼를 얘기할 참이었다.

"그 회사 그만둔 건 잘한 일이야. 비록 지금 이 모양 이 꼴이 어도."

"그해 말쯤에는 술 먹고 행패 부리다 너 발목도 삐었지 아마, 신촌에선가. 싸움 말리다 상대편 남자한테 옆구리 한 대 정통 으로 얻어맞고 나도 쓰러졌지. 숨이 턱 막혀서 이렇게 죽는구 나 했다. 겨울 내내 너 정말 감당하기 힘들었는데. 헤어질까? 혼자 생각도 많이 했지."

한주는 자판을 두드리던 손짓을 멈춘다. 생각과는 달리 엉뚱한 얘기를 꺼낸 걸 그의 행동을 보고서야 알아차린다. 한주가 하던 행동을 갑자기 멈춘 경우에는 이유 불문하고 아무 말이라도 먼저 꺼내야 한다. 그의 생각을 차단시키는 유일한 방법이다. 왜 겨울 이야기를 했을까. 초여름 짧은 한때의 비상을 말하려 했는데. 나는 일부러 목소리를 높여 그에게 묻는다.

"한 가지 물어볼 게 있어."

그는 노트북에 코를 박은 채 고개만 끄덕인다. 기분이 상했음에 틀림없다. 한주는 가끔 지나치게 고개를 숙인 채 무언가를 쓴다. 그럴 땐 그의 몸에 손을 댄다거나 아무 일 없었다는 듯 말을 거는 게 너무 힘들다. 괜한 소리를 했다.

"듣고 있어?"

한주는 고개만 끄덕거린다.

"그런데 나, 혹시 피아노 칠 줄 아니?"

"응."

그는 여전히 고개는 숙인 채 간단히 대답한다. 그렇지만 무성의한 태도는 아니다.

"어떻게 알아?"

"사진으로도 바람의 방향을 알잖아. 피아노 정도야."

그의 말이 끝나자마자 다가가 한주의 팔을 붙잡는다. 남방 밑으로 팽팽한 팔 근육이 느껴진다. 이럴 땐 손바닥이나 입술이 순간적으로 닿는 정도가 아닌, 그의 피부에 내 피부가 온전히 닿아야 진정한 소통을 하는 거란 생각이 든다. 이런 내 은밀한 생각을 알아챘는지 그가 불쑥 고개를 든다. 그러나 부끄러운 나는 아니라는 듯 고개를 흔든다.

"나는 진짜……, 트럭 몰고 다니며 까나리액젓 나를 때가 좋았어. 아무도 내 말을 믿으려 하지 않지만."

창밖의 어느 곳을 보는지 모를 멍한 눈빛으로 그는 계속 말한다.

"거기서 만난 사람들도 나를 위해줬구, 나를 필요로 해줬구, 내 수완을 높이 평가해줬구, 당연히 힘들다는 생각은 없었지. 돈을 벌고, 번 돈으로 트럭을 사겠다는 목표로 남들처럼 저축도 해보고, 집으로도 돈을 보내드리고, 너에게 줄 핸드백을 골라보고, 니가 보고 싶다는 연극을 보여주고…… 더 바랄 게 없었음에도 불구하고, 나는 왜 그만뒀을까."

나는 한주의 소매 단추만 만지작거린다.

"내가 별 볼일 없지?"

한주는 나를 바라본다. 상대방을 꼼짝 못하게 하는 그 특유의 침착한 태도다.

"포기로 점철돼온 이십대야. 직장도, 대학원도, 결혼도, 꼴같잖은 공무원시험도."

우리는 각자의 초라한 자소서로 눈을 돌린다.

"더이상, 쓸 게 없다."

한주가 불쑥 내 쪽으로 몸을 기댄다. 나는 자리를 비켜줘야 할지 그에게 더 다가가야 할지를 놓고 잠시 망설인다.

"나 이발했다."

내가 상체를 들어 그의 모습을 보려 하자 그가 머리로 내 어깨를 저지한다. 그러고는 등 뒤로 팔을 뻗어 몇번 나의 어깨와 팔을 주무르듯 힘주어 쓸어내린다.

"그냥 멋있다고 한마디 해주라."

나도 소파 뒤로 상체를 기대며 그의 머리에 내 머리를 편안히 기댄다. 그러나 미안한 마음은 쉽게 가시지 않는다.

"멋있다, 진짜야."

그는 휴대전화에 저장된 이력서 사진을 찾아 나에게 보여준다.

"정면을 바라보는 그 순간이 왜 그리 싫은 거냐, 나는?"

한주는 확실히 멋져 보인다. 이십대 초반으로까지 보일 정도다.

"남들이 내게 어떤 권위도 부여하지 않아서 그런가. 내가 그들에게 어떤 권위도 강요하지 않아서 그런가."

"이력서용 사진 한 장에 누가 그런 복잡한 의미를 부여해?"

"우스꽝스럽지?"

"아니."

"잔인해 보이지. 여기 독을 품었거든."

한주는 가슴을 가리키며 말한다. 그러고는 독을 품었다는 가슴팍을 습관처럼 더듬는다. 이어 노트북 전원을 끄며 말한다.

"우리 인사동에 잠깐 가지 않을래?"


한주랑 손을 잡은 채 지나가는 사람들을 피하며 어슬렁거리는 재미가 없다면 무슨 재미로 길을 걸을까. 때로 앞서 오는 사람을 피하려는 방향이 맞지 않아 잡았던 손을 놓고 몇걸음 떨어져 걷다 다시 마주치면 악수를 청해오는 싱거운 남자. 오래간만입니다, 저 아세요, 사랑합니다, 하핫.

"피아노 갖고 싶니, 너?"

인사동으로 향한 횡단보도를 건너다 문득 한주가 묻는다.

"글쎄."

낙원상가가 보이자 한주는 손을 들어 그 건물을 가리킨다.

"들어가볼래?"

"아니."

나는 고개를 세게 흔들며 말한다. 피아노 칠 줄 모른다, 이말을 내 입으로 되풀이하는 게 싫다. 아니 그렇게 말하고 도망쳐버리는 게 싫다. 부끄럽다. 안타깝다. 내 우울함은 그날 아무이유 없이 들렀던 낙원상가를 도망치면서부터 시작됐을지도 모른다. 짙은 밤색의 피아노, 내게 말을 걸어오던 피아노.

"피아노가 엽서처럼 싼 물건이었다면 너에게 벌써 사줬을텐데."

나는 아무 대답도 할 수가 없다. 그도 그저 걷기만 한다. 낙원상가를 지나며 그의 손을 더 꼭 잡는다. 따뜻하다.

한참을 걷다 한주는 주춤하며 여긴가 아닌가, 혼자 중얼거
린다.

"보름 전쯤 비오는 날이었는데,"

생각을 정리하는지 잠깐 말을 멈춘다.

"이 길을 혼자 걸어가다 웬 쓰러진 여자를 봤거든."

"그래?"

"응, 그래서 일으켜줬지."

"그랬구나."

한주 앞에 쓰러져 있던 여자를 생각한다. 어떤 여자였을까.
그 여자도 나처럼 까닭 없이 슬펐을까.

"근데, 여자를 끝까지 돌봐주지 않고 뿌리치고 가버린 게 아
직까지 이상하게 마음에 걸려."

"아직까지?"

한주는 곧 울음이라도 터뜨릴 얼굴이다. 그가 뿌리친 여자도
지금 한주 얼굴을 본다면 그를 용서하고도 남을 참회의 얼굴.

"왜?"

"그 여자 죽었을까봐."

골목 안쪽으로 들어와 두리번거리더니 한주는 걸음을 완전
히 멈춘다. 필방 앞이다. 가게 앞은 한산한 편이다. 머리 긴 여자
만이 가게 안을 기웃거린다. 한주가 잡고 있던 내 손을 놓는다.

"그 여자한테 사죄하러 온 거야?"

"여기 같아. 필방이었는지 뭐였는지는 모르겠는데, 아무튼

이쯤이었거든. 머리가 긴 여자였는데 이마에 피를 흘리고 있었어."

나는 장난삼아 왼쪽 이마를 매만진다. 한주도 손을 들어 내 이마를 만져준다.

"괜찮아?"

"안 아파. 다 나았어."

우리는 서로 가볍게 웃는다.

"온 김에 들어가보자. 재밌겠다."

나는 목소리를 높여 말한다.

"그럴까, 구경이라도 한번 해볼까."

한주도 의외로 흔쾌히 응한다.

상점으로 발길을 옮기는 찰나, 가게 앞의 여자가 등을 돌린다. 우리 쪽으로 몸이 기울어질 정도로 발걸음을 크고 넓게 옮기더니 가게 앞을 급히 떠난다. 한주는 굳어진 얼굴로 잠깐 뒤를 돌아본다. 여자는 골목 끝을 향해 빨리 걸어간다. 한주는 저 여자, 낮게 내뱉더니 급하게 걸음을 뗀다. 나는 안에서 무슨 소리가 들린 것 같아 가게로 고개를 돌린다. 누군가와 눈이 마주친다. 가게 안의 사람은 여자인지 남자인지 아이인지 젊은인지 늙은인지, 도대체 무엇 하나 특징지을 수 없는 어딘가 동물적인 섬뜩한 표정으로 나를 향해 웃는다. 무의식적으로 한주를 부른다. 그러나 한주는 고개도 돌리지 않은 채 기다리라는 듯 손을 내저으며 계속 걷는다. 한주는 어디로 가는 걸까. 나는 다시 가게 안을 살핀다. 가게 안의 사람이 내게 들어오라는 손짓을 한다. 그 사람의 손짓은 너무 간절하다. 빨려들듯 나도 모르게 출입문을 민다. 그때다.

"조심해."

순간 한주가 언제 달려왔는지 내 팔을 잡아당기며 소리친다. 단단한 뭔가에 머리를 세게 부딪혔는지 몹시 어지러워 눈을 뜰 수가 없다. 웅웅거리는 소리 틈으로 괜찮니 괜찮아, 한주의 숨찬 목소리가 들린다. 세상 끝까지 다녀온 그의 목소리가 내 안에서 다시 울린다. 괜찮니, 괜찮아.

나는 천천히 눈을 뜬다. 한주가 위를 가리킨다. 위에서는 덧문이 내려오고 있다. 벌써 반 넘게 내려와 있다. 정말 한주가 나를 잡아당겼을까, 어떤 다른 힘이 나를 밀어낸 건 아니었을까, 이 골목 이 자리, 한주와 내가 서 있는 바로 이 자리의 함정은 도대체 누가 파놓았을까.

그의 극도로 절박한 목소리에 놀랐는지, 공포에 가까운 그의 손아귀 힘에 놀랐는지, 아니면 마지막 순간까지 무슨 일인지 가늠조차 하지 못할 불가해한 이 상황에 압도되었는지, 나는 바닥에 내팽개쳐진 내 가방과 필방 출입문을 번갈아 가리키기만 한다. 믿기지 않는다. 말이 나오지 않는다. 한주의 겉옷 자락을 찾아 필사적으로 움켜쥔다. 아아, 다시 함정에 빠지지 않도록, 한주와 내가 다시는 세상 끝으로 떠밀리지 않도록.

"소리가 나서, 날 보고 들어오라고, 난 낙원상가에서도, 아

니, 아 피아노엔 정말 손도 안 댔는데, 피아노가 나를 기억하는
데…… 그런데 저 안에 있는 사람이, 사실 한주야, 나는 전에
도, 아니, 나는,"

한주가 한 손으로 내 손을 꽉 잡는다. 다른 손으로는 내 어깨
를 감싸안는다. 상점 안은 이제 어두컴컴하다. 골목에는 아무
도 없다. 나와 한주만이 서로를 부둥켜안은 채 서 있다. 덧문은
땅바닥까지 안전하게 내려왔다. 거리는 이제 어둡다. 아무 소
리도 들리지 않는다. 필방 안의 사람은 보이지 않는다. 긴 머리
의 여자도 사라지고 보이지 않는다.

마시멜로 언덕

라인장을 소개한다. 먼저 그녀의 신체적 특징은 다음과 같다. 라인장 오른손 손가락은 네 개뿐이다. 새끼손가락 자리가 비어 있다. 없어진 새끼손가락에 관련된 뒷얘기는 무성하다. 물론 믿을 만한 얘기는 하나도 없다. 중요한 건 그녀는 별로 불편해하지 않는다는 사실이다. 아마 그것을 바라보는 사람은 불편할지도 모르겠다.

머릿수건에 가려진 머리카락은 길기만 하지 부드럽지는 못하다. 망만 뒤집어쓰고 탈의실을 돌아다닐 때 보면 나이트캡을 뒤집어쓴 도둑고양이 같다. 조금은 우스꽝스럽기도 하다. 그러나 그때는 그나마 봐줄 만한 때이다. 풀어헤쳐놓은 머리는 한

밤중이 아니더라도 공포스럽다. 금방 관 속에서 튀어나온 처녀 귀신 같은 몰골이다.

작업복을 벗으면 미색의 화려한 블라우스가 나타난다. 물론 블라우스가 그녀의 통통한 상체를 가려주지는 못한다. 겨울 내내 라인장은 이 블라우스를 벗지 않는다. 아마도 진주 모양의 단추 때문이 아닐까 싶다. 사람들은 그녀의 블라우스를 칭찬할 때마다 단추 얘기를 빼놓지 않는다.

'진짜 진주 같은걸.'

라인장은 만족한 듯 웃는다. 웃는 모습을 바라보며 나는 혼자 중얼거린다. 안 어울려요, 진짜 진주 같지도 않아요. 그녀는 몇 살쯤이나 됐을까. 한겨울에도 연분홍으로 빛나는 그녀의 입술을 정면으로 바라본 사람이라면 이 질문을 꼭 던져볼 것이다. 라인장 말대로 그녀의 입술은 드라마틱하다. 무엇이 드라마틱한지는 아무도 모른다. 탈의실 긴 의자에 벌렁 누워서도, 세면장 저울 위에 올라가 여러 번 몸무게를 재면서도 그녀는 중얼거린다.

'드라마틱해.'

나도 그녀의 입술만큼은 드라마틱하다고 생각한다. 그녀가 야근 근무조로 교대되어 보이지 않는 일주일이 그저 아쉬울 뿐이다. 그런 날 주반장은 더욱 자주 나타나고 시간은 무서울 정도로 더디게 흐른다.

나를 제외한 임시직 직원들은 하나도 출근하지 않았다. 일요일에 근무 나온 공원들은 다들 만성 변비환자 같은 얼굴들이다. 나는 실제로 만성 변비환자다. 나는 신장도 안 좋다. 냉동실 앞에 서서 하루 종일 일하다보면 온몸이 땡땡하게 부어오른다. 집으로 와선 닥치는 대로 먹어댄 후 발등을 문지르다, 뺨을 만지다, 종아리를 두드리다, 허리를 지지다, 어느새 잠이 들었는지도 모르게 잠들어버리기 일쑤다. 잠들 때는 잠들면서 죽을 것 같았는데 다음날 아침 6시 50분이 되면 눈은 또 번쩍 떠진다. 3년 전 실직과 동시에 기진맥진한 아버지와 세상물정에 천성적으로 밝은 어머니가 아침부터 또 싸운다.

'이 집에 가장이 누군데.'

당하기만 하던 아버지가 한마디 한다.

'듣기 싫어.'

어머니가 질세라 소리친다. 어쨌든 그나마 나는 다행히도 고시학원엘 다니는 중이다. 9급 공무원시험을 준비하는 중이라고, 안정된 직장을 얻어 집안을 도울 계획이라고, 부모님은 그렇게 알고 있다. 끔찍하다.

개떡 같은 아침이다. 블루투스 전원을 켜고 라디오 채널을 연결한다. 군대 간 동생이 신주 모시듯 하던 블루투스는 가끔 마술을 행한다. 한때는 정말 블루투스가 마술사인 줄 알았다. 전원을 켜는 순간 내가 듣고 싶은 노래가 흘러나오면 그날의 재수는 꽤 좋은 것이다. 사실 처음엔 동생이 마술사인 줄 알았다. 동생 손만 닿으면, 짐승인 경우 동네 개들도 누워 꼼짝 안하다 다시 살아났고, 고장난 가전제품 같은 건 신기하게도 제기능을 되찾았다. 그러나 이젠 속지 않는다. 동생은 군대에 갔고, 어떤 노래가 나오든 나는 단번에 내가 듣고 싶었던 노래라고 생각해버린다. 오늘 아침에는 많이 들어본 팝송이 흘러나온다. 당연히 내가 듣고 싶었던 곡이다. 오우 베이베 딥 인 마이 하아트, 헤이 디든 알러뷰. 디든 아이 러브 유우으. 이 곡은 듀엣 곡인데 여자 둘 다 미친 듯이 노래하느라 청자의 심정은 헤아려주지도 않는다.

이불을 걷어내며 일어나 앉는다. 몸이 이상하다. 내 몸은 발등이나 뺨이나 아니면 종아리를 기준으로 펑 터져버리든가 아니면 허리를 기점으로 정확하게 둥글게 말려질 것만 같다. 청바지 입기가 죽기보다 싫다.

사람들은 종일 라인장을 피해 다닌다. 그녀는 오늘 확실히 기분이 좋지 않다. 라인장은 화가 나면 빈 새끼손가락 자리를 옆구리에 문댄다. 라인장은 무엇 때문에 화가 났을까. 이곳저곳을 돌아다니며 한바탕씩 퍼붓는 기세다. 나도 오늘은 그녀와 눈 마주치는 것조차 조심한다.

드디어 라인장이 우리 쪽으로 온다. 그런데 오자마자 내 이름을 부른다. 나는 작업복 상태를 무의식적으로 점검한다. 작업복이 더러운가? 머리카락이 흘러내렸나? 어느새 그녀는 지하식당으로 통하는 철계단으로 나를 이끈다. 사람들이 걱정스런 눈으로 나를 쳐다본다. 괜찮아요, 눈만 보이는 사람들에게 나도 눈으로 대답한다, 별일 아닐 거예요.

두꺼운 철문이 닫히면서 기계소리가 사라진다. 밖의 공기에서는 휘휘 소리가 난다. 바람소리일까. 찬바람 부는 계단 꼭대기에 서서 예의를 갖춰 잠시 마스크를 벗는다.

"힘들지, 날도 춥고."

라인장은 땅 밑을 보며 말한다. 나는 순간 라인장이 저 까마득한 아래로 나를 떠밀 것만 같아 차가운 난간을 꽉 움켜잡는다.

"아침에 내가 불렀는데 못 들었나?"

"언제요?"

"마을버스 떠나는데 안 뛰어오길래 내가 버스 안에서 불렀는데."

지하철에서 내려 걸어오던 나를 라인장이 보았나보다.

"냉동실 앞이 아닌 다른 곳으로 옮겨준다."

라인장은 나의 이름을 정답게 부르며 어깨동무를 한다.

"어서 들어가봐."

월요일부터 나는 다락방 같은 곳에 앉아 벨트 위에다 종이 상자를 턱턱 던져놓기만 한다. 상자는 벨트 위를 덜덜거리다 미끄럼틀처럼 생긴 수직의 칸을 거쳐 냉동실 앞으로 떨어진다. 그러면 내가 저번 주까지 하던 일을 나와 뒷모습이 거의 흡사한 다른 여공원이 한다.

흰 장화에 흰 작업복에 흰 마스크에 흰 머릿수건을 한, 나보다 키가 좀 클 것 같은 여자는 뒤에서 봐도 영 엉성하다. 처음 하게 된 일이라 그런지 아이스크림을 한두 개 빠뜨리는 경우가 허다하다. 두리번거리면서도 놓친 아이스크림을 보지 못한다. 나는 위에서 소리쳐준다.

"저거요, 저거."

그러나 내 목소리는 내 귀에도 들리지 않는다. 알파벳 U자가 두 개 겹쳐진 모양의 벨트 중 바깥 벨트를 돌아 저 아이스크림은 다시 냉동실로 들어갈 것이다. 건너편 위에서 콘을 막대 구멍에 끼우는 콘아저씨가 그 긴 팔을 뻗어 빼내주면 다행인 일인데. 아니, 냉동실 바로 앞에서(그러니까 U자의 왼쪽 끝에서) 다시 냉동실로 들어가는 제품을 열아홉살짜리 꼬마가 재빠르게 건져내면 더 극적으로 다행일 텐데. 그러면 우리의 박스는 한 개라도 더 빨리 채워질 텐데. 나는 위에서 혼자 안타깝다. 밑에 있으면 콘아저씨의 손장난에 머리를 맞기도 하고 친숙해진 꼬마와 잠깐이나마 눈인사라도 주고받을 수 있는데. 위에서 박스를 턱턱 집어던지며 혼자 즐거운 척 불규칙한 리듬으로 박수를 쳐본다.

탈의실에서 라인장을 찾는다. 그녀는 예의 저울 위에 올라가 있다. 나는 거울 앞과 저울 앞을 왔다갔다 한다. 내가 라인장 주위를 뱅뱅 도는 것을 눈여겨보던 보라색 거들의 여자가 그녀에게 다가간다. 보라색 거들이 나를 가리키며 라인장에게 뭐라고 귓속말을 한다. 드디어 라인장이 저울에서 내려온다. 나는 다가가 준비한 캔커피를 내민다.

"춥지 않은 자리로 옮겨줘서 고맙습니다."

라인장이 웃는다. 긴 의자로 가 앉으면서 나에게 손짓을 한다. 내가 옆에 가 앉자 그녀는 나에게 잡지 하나를 들려준다. 우리는 같이 잡지를 본다. 잡지는 재미없다. 하지만 우리는 이유 없이 웃으며 한장 한장 넘긴다. 속옷 광고를 보면서 라인장은 '드라마틱해'라고 탄성을 지른다. 말도 안 되는 다이어트 기사를 읽다 말고는 '살을 빼야 하는데' 하며 내 손등 위에 자신의 손을 올려놓는다. 나는 어색해서 등이 따끔거린다. 그러나 그녀는 손을 올린 채 마지막 장까지 괜히 킥킥거리며 천천히 넘긴다.

잡지를 거의 다 보았을 때, 고향이 어디냐고 라인장이 작은 소리로 묻는다. 고향이 어디냐는 처음 받아보는 질문에 나는 당황한다. 그런 게 궁금할까. 집이 어디냐고 묻는 소리일까. 잠시 망설이다 내가 태어나 지금껏 한 번도 떠나본 적 없는, 떠나봤자 하루도 못 돼서 그립다고 돌아오는 도시 서울, 서울이 나의 고향이라고 대답한다. 라인장은 서울, 되뇌더니 드디어 나의 손등에서 손을 치운다. 그러곤 잊을 뻔했다는 듯 나에게 무엇이 되고 싶냐고도 묻는다. 나는 혼자 부끄러워 아무 말도 못한다.

"신기하게도……."

저 혼자 고개를 끄덕이던 라인장이 내 귓가에다 대고 또 내 이름을 나지막이 부른다.

"우리 고향엔 네 이름과 똑같은 이름의 언덕이 있다."

공동욕실에서 머리를 감고 나오던 몇몇 공원들이 우리를 힐끔거린다. 그 중 몇명이 긴 의자 쪽으로 다가온다. 보라색 거들이 유독 나를 노려본다.

"그 언덕에 내 동생이 잠들어 있지."

라인장이 먼저 일어난다.

"너, 오래 일할 거 아닌 거, 나도 안다."

나도 라인장을 따라 일어난다. 문득 라인장과 튀김이나 순대를 먹고 싶다는 생각을 한다. 이불을 뒤집어쓴 채 배를 깔고 누워 만화책을 보고, 만화를 다 보고 나선 한숨 늘어지게 잔 후 큰 가방을 하나씩 메고 동대문 새벽시장에 가고 싶다는 생각을 한다.

누군가 텔레비전 소리를 크게 한다. 탈의실은 순식간에 소란스러워진다. 라인장은 어느새 나 따위는 안중에도 없다는 듯 텔레비전만 보며 말한다.

"교수가 되고 싶지, 너? 열심히 해라."


나는 탈의실에 누워 있다. 누군가 자꾸 내게 말을 걸어오는 것 같다. 특히 이렇게 다리를 벽에 올린 채 누워 있으면 귀가 간질간질해오면서 입이 점점 벌어진다. 아이스크림이 좋으냐? 아니요, 겨울이 좋으냐? 아니요, 돈이 좋으냐? 글쎄요…….

점심시간에 누가 샤워를 하는 걸까. 어디선가 물소리가 들린다. 그 물이 내 귀에까지 와 찰랑일 것만 같다. 누군가 내 옆에 와 눕는다. 누군가도 나처럼 다리를 벽에 올리고, 마스크를 벗어 바지주머니에 넣고, 머릿수건으로 자신의 얼굴을 가리고 누울 것이다. 햇볕 따뜻한 탈의실. 그러나 아무하고도 말하고 싶지 않은 탈의실. 탈의실이 좋으냐? 예…….

물소리가 사라질 즈음 라인장 목소리가 들린다.

"작업장으로들 가라."

나는 벌떡 일어난다. 옆의 누군가는 아직도 누워 있다. 이미 탈의실은 텅 비어 있다. 나는 흰 장화를 찾으러 신발장으로 가다 말고 다시 누군가에게로 간다. 저 사람을 깨워야만 할 것 같다. 다가가 어깨를 살짝 흔든다. 아무 반응이 없다. 다시 좀더 세게 흔든다. 나보다 키가 클 것 같은 여자는 갑자기 발로 벽을 찬다. 나는 발치로 눈을 돌린다. 분홍 양말 발등에는 눈을 찡긋거리는 강아지 한 마리가 프린트되어 있다. 갸름한 발에 어울리는 양말이다. 괜히 기분이 가벼워져 킥킥거린다. 그녀가 흰 머릿수건을 걷어내려고 팔을 올린다. 그때, 어디선가 라인장의 격한 소리가 다시 들려온다.

"작업장으로들 빨리 가, 어서. 어섯."

나는 도망치듯 장화를 찾아 신고 탈의실을 빠져나온다.

내가 서 있던 자리, 냉동실 앞 포장 라인의 여자는 오늘 오후에도 제일 늦게 나타나 한 시간에 한 개꼴로 제품을 놓친다.

나는 저 여자에게 해줄 이야기가 많다. 우리의 인수인계는 언제쯤 이루어질 수 있을까.

저 자리에서 일하려면 먼저, 아무리 손이 시려도 목장갑을 벗어야 한다. 저 여자는 지금 장갑을 끼고 있다. 그러지 않고서야 저렇게 어깨에 힘이 들어갈 리가 없다. 장갑을 벗고 맨손으로 제품을 집어야 신속하고 정확하게 박스에 담을 수 있다. 장갑 낀 손으로는 힘이 조절되지 않는다. 그러므로 빨리 장갑을 벗어야 한다. 둘째, 손가락 사용법을 바꿔야 한다. 각각의 엄지와 새끼손가락을 모아 제품을 하나씩 잡고 검지, 중지와 손바닥 안의 공간을 이용해 또 하나를 잡아야 한다. 한꺼번에 네댓 개의 제품을 잡으려다간 놓치기 일쑤다. 얼어 있는 상태에서 떨어트려 찌그러지면 어쩔 도리가 없다. 어차피 시중에 나가 찌그러질 투명 플라스틱 케이스라도 라인에서는 멀쩡한 상태로 포장을 끝내야 한다. 그래야 라인장에게 욕을 먹지 않는다. 정확하게 양손으로 두 개씩 잡아, 두 번 반복하는 게 훨씬 효과적인 손가락 이용법이다. 손가락 이용에 신경쓰다보면 자연스럽게 땀이 손바닥에 배어난다. 손에 알맞은 양의 땀이 배면 포장 속도는 더욱 빨라진다. 셋째는 박스에 담는 과정상의 문제인데, 종이박스에 깔린 플라스틱 깔판 구멍에 정확히 제품을 끼워넣으려는 생각은 금물이다. 여덟 개만 맞으면 테이프로 박스를 봉하기 전 라인 끝의 손 빠른 화곡동 아줌마가 다시 정리해준다. 간혹 모자라거나 남는 경우의 불상사는 결국 화곡동 아줌마에 의해 해결되는 것이다.

그녀는 이 사실들을 다 모르고 있다. 그래서 늘 제품을 놓치는 것이다. 나는 또 소리질러본다.

"아, 저거요, 저거."

어딘지도 모를 공간을 향해 손가락질한다. 그러나 내 목소리는 내 귀에도 들리지 않는다. 손을 내린다. 뻣뻣한 허리를 한참 두드린다.

꼬마가 냉동 라인으로 제품을 옮기다 말고 민첩하게 위를 향해 손을 흔들어 보인다. 허리를 두드리던 나의 두 팔은 그 모습을 보는 순간 즉시 머리 위로 올라간다. 만세를 부르듯 꼬마를 향해 두 손을 흔든다. 그러나 제품이 여덟 개씩 또 꼬마 앞으로 밀려오고 있다. 꼬마는 어설프게 거수경례를 하고는 잽싸게 등을 돌려 제품을 냉동 라인으로 옮긴다. 꼬마는 민첩하다. 나는 두 손을 더욱 높이 든다. 꼬마의 앳된 뒤통수를 향해 힘껏 흔든다.


"추운데 걸어가네."

출근길에 화곡동 아줌마를 만나긴 처음이다.

"운동하는 거예요."

뜸하다 했는데 아줌마 얼굴이 심상치 않다. 특히 오른쪽. 눈이 마주칠까 내 쪽에서 미리 조심한다. 아줌마는 굳이 가리려고 하지는 않는다. 탈의실에서 사람들 하는 소리를 듣자니 아저씨가 퇴근시간 맞춰 정문 앞에서 대기하는 날도 있다 한다. 기다렸다 지체없이 두들겨패기 위해서.

아침 바람답게 날카롭다. 공장으로 가는 길은 아침인데도 왜 이리 어두컴컴할까.

"아줌마는 왜 걸어가세요?"

"바람을 쐬야 얼굴이 제대로 돌아오지."

아줌마는 유쾌하게 웃는다. 이것이 화곡동 아줌마의 경쟁력일까. 손 빠른 재주는 됐다 무엇에 쓰려고 웃기만 하실까. 아줌마는 검은색 목도리를 고쳐 멘다. 아줌마네 집에 간밤에 무슨 일이 있었는지는 알고 싶지 않다. 그렇지만 죄질이 나쁜 상습범을 만나면 참지 못할 것 같다.

어서 아침 조회에 나가야 한다. 작업복으로 갈아입으며 사람들 발을 일일이 관찰해본다. 혹시 발등에 강아지가 새겨진 양말을 신은 사람이 있지 않을까. 그러나 나는 찾지 못한다. 8시 45분, 다들 뛰어나가며 괜히 소리지른다. 빨리 빨리, 나도 조회 장소인 뒷문 공터로 뛰어나가며 그물망을 뒤집어쓰고 머릿수건을 두른다.

라인장이 출석을 부른다. 내 이름은 중간쯤에 있다. 점점 순서가 다가온다. 이제 곧 내 이름이다. 지금이다. 나는 여느 때와 달리 우렁찬 소리로 예엣, 대답을 한다. 맨 앞줄의 화곡동 아줌마가 뒤를 돌아본다. 왼편의 남자 공원들도 나를 쳐다본다. 꼬마와 콘아저씨는 앞뒤로 서서 나를 향해 손가락질을 한다. 구호를 외칠 차례다. 아직까지도 무슨 뜻인지 알지 못하는 구호를 세 번 복창한다.

꼬슈아안무쟁롸자조아, 꼬슈아안무쟁롸자조아, 꼬슈아안무쟁롸자조아!

흩어지기 전에 라인장에게 물어볼 생각이다. 내가 일하던 자리에서 일하는 사람이 누구냐고. 그 여자에게 해줄 말이 있다고. 그런데 라인장은 오늘따라 주반장과 할 말이 많은 모양이다. 그들은 거대한 마시멜로 강철통 앞에서 움직일 줄 모른다. 하필 주반장이다. 나는 주반장만큼 역겨운 인간을 본 적이 없다. 그는 내가 일하는 라인에 와서 기계를 만지는 척하다 내 엉덩이나 허벅지를 문대고 가곤 한다. 앉아서 기계를 만지다 이마로 문대든가 일어나면서 손바닥으로 문대든가. 그럴 때면 허벅지 살이나 엉덩이 살이 썩어 들어가는 것만 같다. 왜 저 순간 마시멜로 강철통 같은 건 주반장 쪽으로 무너지지 않을까.

공장 뒷마당에서 남자 공원들이 족구를 한다. 콘아저씨가 제일 크게 소리를 지르며 한다. 콘아저씨는 드디어 4월에 결혼을 한다. 뒷문 건너편 속옷 공장에서 일하는 아가씨와. 웨딩드레스를 입을 때쯤엔 이미 만삭이 되어 있을 아가씨는 콘아저씨의 족구하는 모습을 오래전부터 훔쳐보았다 한다. 아마 저 목소리에 먼저 마음을 빼앗겼을 것이다. 멀리서 보면 콘아저씨는 꽤 멋져 보인다. 키도 크고 어깨도 넓다.

여기 여기 새꺄, 똑바로 똑바룻.

꼬마는 거대한 마시멜로 강철통 근처에서 내 쪽을 힐끗거리고 있다. 내가 웃어줘야 고개를 돌릴 것이다. 나는 꼬마를 향해 웃는다. 꼬마는 흰 모자의 그물망을 귀 위로 내리덮으며 웃는다. 꼬마는 늘 졸립다. 안산에서 여기까지 일하러 오기 때문이다. 꼬마는 꼬마네 누나가 좋아하는 아이스크림을 집으로 몰래 가져다주지 못해 늘 속상해한다. 군대간 동생만큼 착한 꼬마. 점심 많이 먹었느냐고, 나를 보며 소리친다. 응……. 꼬마는 늘 똑같은 것만 물어온다. 그런데 꼬마가 몸을 움직인다. 나를 향해 오고 있다. 멀리서 웃어주기만 하던 꼬마가 오늘은 어쩐 일인지 내 옆으로 와 털썩 주저앉는다. 나도 같이 주저앉는다. 마침 주반장이 지하식당에서 나와 뒷마당을 가로지르고 있다. 실수인지 고의인지 콘아저씨는 주반장의 귓바퀴를 향해 공을 날린다. 똑바로 똑바룻.

"주반장님은 참 못났지요, 누나."

나는 듣고 있다는 표시로 고개를 끄덕인다.

"저것 봐. 저렇게 겁이 많아 공 하날 잡지도 못해."

"환자지, 뭐."

나는 몸을 일으킨다.

"공장 사람들 모두 주반장 싫어해요."

말을 마치더니 꼬마도 벌떡 일어난다.

"다 같은 이유로 싫어해요."

꼬마는 자신이 서 있던 자리로 천천히 돌아간다. 주반장은 부운 얼굴로 오른쪽 귓바퀴를 어루만지며 사무실 건물로 막 들어서고 있다.

등받이와 팔걸이가 다 부서진 의자에 앉아본다. 이 의자는 아주 마음에 들게 부서져 있다. 그래도 꽤 푹신하다. 오늘 오후의 햇살은 탈의실에 누워 있기엔 너무 아까울 정도다. 눈이 부시다. 바람이 낮게 불며 지나간다. 이렇게 20분 정도는 앉아 있을 수 있다. 아무것도 안 하는 손을 이리저리 뒤집어가며 살펴보는 것도 즐거운 일이다. 손가락들도 편안하게 누워 있고 싶어한다. 손가락을 쫙 편 채 허벅지 위에 눕혀본다. 손가락들아 웅크리지 말고 길게 몸을 뻗으렴, 햇볕을 쬐렴. 손을 뒤집는다. 손바닥아 너도 태양을 올려다봐야지. 이렇게 벌써 3개월을 지탱하고 있다.

20분이 지나 나의 언덕으로 다시 올라간다. 나와 뒷모습이 거의 흡사한, 그렇지만 나보다 키가 조금 클 것 같은 여자는 웬일로 나보다 먼저 와 작업 준비를 하고 있다. 저 여자는 어디서 온 여자일까. 저 여자는 몇살일까. 저 여자는 어떤 양말을 신고 있을까. 꼬마나 콘아저씨와 이제 좀 친해졌을까. 그렇다면 그들이 많이 도와줄 텐데. 공장일이 마음에 들지 않는 걸까. 혹시 오늘까지만 나올 생각을 하고 있는 걸까. 부모님께는 공무원시험 준비한다고 나처럼 거짓말이나 하지 않았을까.

기계가 돌기 시작한다. 위에서 보니 여덟 개의 구멍 뚫린 U자

모양의 기계는 마치 괴물의 눈깔 같기도 하다. 거기다가 빙빙 돌기까지 하는 모양은 꽤 잔악해 보인다. 내지르는 소리는 이루 말할 수 없을 정도로 추잡하다. 왜 내 몸이 땡땡하게 붓는지 이제야 알겠다. 소음이 내 몸의 신경과 호르몬, 혈액과 수분, 관절과 피부를 뒤섞어 이상하게 찌부러뜨리고 있기 때문은 아닐까. 몸의 구분이 안 갈 날이 곧 올 것이다. 어디가 엉덩이고 어디가 무릎인지. 여기가 코인지, 여기가 턱인지.

여자는 또 두리번거리기 시작한다. 그러나 두리번거리면서도 첫번째로 놓친 제품은 보지도 못한다. 나는 위에서 소리쳐준다.

"아 진짜, 저거요, 저거."

그러나 내 목소리는 내 귀에도 들리지 않는다.

소리치다 지친다. 벽 위쪽에 뚫린 작은 창문으로 밖을 내다본다. 공장의 벽이 보인다. 저 벽을 넘으면 바로 아파트 단지다. 영등포는 재미있는 동네다. 공장과 아파트가 나란히 있다. 서로 기능과 용도가 다른 건물이 사이좋게 서 있다. 아파트 안의 사람들은 지금 뭘 하고 있을까. 막연하게 불공평하다는 생각을 해본다. 그러면서 집이 그립다. 집에 가서 아무 할일도 없이 음악이나 듣거나 라면을 끓여먹거나 낮잠을 자고 싶다. 신문을 읽으며 쥐포도 먹고 싶다. 그러다 그것도 재미없으면 조폭영화를 보고 싶다. 영화를 보다 잠들면 리모컨을 손에 쥔 채 조폭영화보다 더 황당하고 다이내믹한 꿈을 꾸고 싶다. 언제나 그랬던 것처럼 그렇게 겨울을 보내고 싶다. 수첩에는 종로에 있는 어학원 수강증을 폼으로 끼워넣고, 세수도 안 하고 머리도 안 감고, 내가 원해 일부러 지저분하고 무기력하게.

문득 라인장의 고향을 생각한다. 남의 고향을 내 고향처럼 뻔뻔스럽게 떠올려본다. 박스 하나를 벨트 위로 집어던지고 다시 새 박스에 깔판을 깔고는 그녀 고향에 있다는 언덕을 생각해본다. 박스를 틈틈이 접어가며 언덕에 올라가 서본다. 나는 정말 처음으로, 다른 것도 아닌 언덕을 꿈꾼다. 라인장의 동생이 잠들어 있는 작은 무덤 앞에 국화 한다발도 잊지 않는다. 그 언덕의 오래된 나무 아래 누워도 본다.

언덕 위는 춥지 않다. 그늘 아래로 포근한 바람이 불어올 것이다. 새들도 지저귈 것이다. 세상 소리는 들리지 않는다. 그 언덕은 높지도 않고 낮지도 않아 위아래를 두루 살펴볼 수 있다. 세상도 보고 하늘도 보며 나는 동명이존<sup>同名異存</sup>의 운명의 만남, 한 번도 꿈꾸지 못했던 공간에서의 다정한 인사, 그 감격에 찬 해후를 만끽할 것이다. 모든 일이 문제없이 풀릴 거라고 때마침 언덕이 속삭여준다.

잘 하면 부모님과 밥을 같이 먹을 수도 있겠다. 공간만큼 사람의 마음은 열리는 법이니까. 거기서 삼겹살을 구워먹으며 음악을 듣고 신문을 읽는다. 그러고는 습관적으로 라면을 끓여먹고는 터질 것 같은 배를 두드리며 낮잠을 잔다. 부모님 두 분은 서로 귀를 파주거나 등을 긁어주며 한가로이 하품을 한다. 동생은 영문도 모르는 특별휴가를 받아 기차에 몸을 싣고 이 언덕을 향해 오고 있다. 착한 동생. 여러 유혹을 뿌리치며 가족을 찾아오고 있다. 나는 9급 공무원 시험 따위를 준비하러 고시학원엘 가지 않아도 되고, 그러면 정말로 박스를 벨트로 정확히 던져대는 놀라운 교수가 될 수 있을지도 모른다.

　하지만 이 언덕 위에서 지금 나는, 어쩐지 혼자 안타깝다.

아디오스 탱고

마지막으로 승요에게 전화가 온 건 거의 3개월 전이다. 근 반년 만에 걸려온 전화였다. 한때 수없이 추상적인 고백을 주고받았던 승요와의 통화는 간단했다. 사실 서로의 고백이란 게 거의 우격다짐이어서 다투는 날이 더 많았지만, 허황된 행복감에 젖어 서로에게 긴 편지를 쓰는 날도 더러 있었다. 그 정도로 우리는 실없이 젊었다.

승요는 누구일까. 새삼스레 생각해보았다.

내가 보기엔 그의 삶엔 두 가지 영역뿐이었다. 가능과 불가능. 그는 자신의 상황에서 가능한 것과 불가능한 것을 정확하게 나눌 줄 알았다. 자신의 성격, 자신의 가족, 자신의 직장, 자신의 앞날, 이런 게 그에게는 당연히 불가능의 영역에 속했다. 반대로 나에게는 가능의 영역 안으로 끌어와야만 하는 것들이 었다. 그래야 인생을 멋지게 사는 거라고 믿고 있었다. 그런데 그에게는 단지 공중목욕탕에 가서 여유있게 등판을 닦을 수 있는 그의 긴 팔 하나만이 모든 가능성의 척도였다. 자신의 집안 내력이라는 긴 팔에 대한 자화자찬은 그를 유일하게 귀여워 보이게 하는 화제이기도 했듯이, 그를 가장 진지하게 변화시키는 화제이기도 했다. 달리 생각해보면 승요는 누구보다도 자유로운 인생을 구가하는 사람이 아니었나 싶다.

그는 아마도 긴 팔로 베개를 껴안은 채 내게 전화를 했을 것이다. 그리고 나는 아무도 기다리지 않는 사람 특유의 무방비한 목소리로 전화를 받았을 것이다. 승요는 내게 먼저 이렇게 말했다.

"실은, 갑자기 생각났어."

나는 들고 있던 리모컨으로 이마를 치며 웃었다. 생각 같아선 그의 이마도 한대 쳐주고 싶었다. 잊었나보구나, 우리가 믿지 않기로 한 말 가운데 하나가 '갑자기'였는데.

텔레비전이 고장났다고, 그래서 잠이 안 온다고, 그는 한숨을 쉬었다. 침대 위로 몸을 길게 뻗으며 내가 물었다.

"놀러 올래?"

승요가 말했다.

"호랑이 굴에?"

우리는 한참을 킥킥거렸다. 웃다보니 스무살이 된 듯한 기분이었다.

승요는 늘 그러하듯 묻고 싶은 게 있으면 물어보라고 리드미컬하게 말했다. 잘 생각해,라는 말을 굳이 강조하며 휘파람을 불기도 했다. 그의 휘파람 소리를 들으며 엎드려 괜히 턱을 침대에 문댔다. 새삼스럽게 가슴이 두근거렸다. 사실 이런 순간 때문에 오랜 시간 내내 여러 감정의 결로 승요가 좋았는지도 몰랐다. 그와 통화를 하다보면 생각지도 않았던 즐거움이나 쑥스러움 같은 게 생겨나면서 하루의 뒤틀린 심사가 술술 풀리는 동시에 모든 게 만족스럽게 변했다. 그리고 내 속의 뭔가 딱딱한 것들이 말랑말랑해지는 기분이었다. 앞으로도 승요가 내게 이런 기분을 전해주지 않으면 나는 틀림없이 불행할 것만 같아서, 그렇지만 이런 마음을 들키면 다신 승요를 보지 않을 거란 오기가 터무니없이 나를 공격적이게 해서 나의 마음은 기뻤다가도 금세 주체할 수 없이 슬퍼지곤 했다.

무엇을 물어볼까. 한참을 생각해도 날씨가 제일 궁금했다. 도대체 바깥 공기를 예상할 수 없었다. 오래전부터 내 체감온도는 비정상이었다. 일기예보를 무시한 지는 이미 오래였고 이제는 J에게 날씨를 설명해달라고 조를 수도 없는 상황이었다. 그래서 생각한 끝에 딴에는 심각한 듯 이렇게 물었다. 요즘 바깥 날씨는 어떠니,라고.

그런데 그 순간이었다. 그는 불던 휘파람을 그치더니 수화기가 터질 듯 거친 숨을 내쉬기 시작했다. 나는 덜컥 겁이 나 일어나 앉으며 무슨 일이냐고 물었다. 괜찮다고 약간 웃음을 섞어 그는 겨우 말했다. 그러더니 정확하지 않은 발음으로 천천히 이렇게 덧붙였다.

"너는 이제, 나를 잊었구나, 다 이져꾸나……."

그 후로 승요에게선 한 번도 연락이 오지 않았다. 나는 속에서 뭔가가 툭 끊어져 나가는 것 같은 묘한 소리를 들었다. 내 속은 한없이 무겁고 답답했다. 여러 밤을 뒤척이다 그 소리는 결국 나란 존재가 승요의 불가능의 영역으로 추락하는 소리였다는 걸 깨달았을 때, 그때부터 태연한 척하기 힘든 감정이 한동안 지속되었다.

전화를 받기 전까지만 해도 모든 게 가능하다는 생각뿐이었다. 미국의 삼류 영화로 생존 영어회화 인터넷강의 웹서비스를 제공하는 회사에서 대본 쓰는 일을 더이상 할 필요가 없었고, 그러니 보고 싶었던 영화를 벼르고 별렀다 볼 필요도 없었고, 나를 위한 시간조차 쪼개쓸 필요도 없었으며, 직장인으로서 남에게 형식적인 배려를 계속해야 할 필요도 당연히 없었다. 시시껄렁한 파트타임이었던 단 하나의 얽매임에서 풀려나니 모든 가능성이 우스꽝스러울 정도로 무한해졌다. 그런데.

승요를 사랑한다, 사랑하지 않는다, 엄밀히 말해 나에게는 그것을 판단할 자격조차 없었다. 아니, 그것이 판단 내릴 종류의 것인가도 의문이었다. 모든 게 자신없었다. 내 자신의 문제

가 처음으로 거대하게 느껴졌다. 어쨌든 나는 승요의 '불가능'
의 영역으로 추락한 뒤였다.


　아무도 내게 말을 걸어서는 안 된다. 나도 절대 아무에게 말
을 걸지 않을 것이다. 나는 단지 말을 하기 싫어졌을 뿐이다.
　자신의 자리로부터 쉽게 벗어나지 않는, 목숨이 다할 때까지
변덕부리지 않는, 그래서 외로운 광채를 내는, 한마디로 근본
이 수다스럽지 않은, 그런 자리로 피하고 싶었다. 남쪽으로 몸
과 마음이 기울었다. 침묵하기에 좋은 방향이 아닐까.
　도착해보니 S시였다. 이제 어디로 가야 할 것인가. 갈 곳도
없이 기차역 주위를 어슬렁거리는 건 생각했던 것만큼 겁나는
일은 아니었다. 여행객임을 알아보고 달라붙는 택시 기사들에
게는 그냥 미안한 마음이었다. 난 갈 곳이 없어요, 내 발걸음은
천년을 버텨온 도시를 향해 솔직하게 말하고 있었다.
　역광장 한가운데 서서 지도를 폈다. S시 동쪽 끝에 있는 한
호텔이 내 마음을 움직였다. 나는 그 호텔에 투숙하기로 마음
먹었다. 박물관에서 가장 멀리 떨어져 있는 곳이었다. 승요와
의 마지막 통화 이후로 박물관 같은 게 싫었다. 까닭은 알 수
없었다.
　호텔 별관 뒤로는 낮은 산이 있었다. 나는 그 산속에 난 오솔
길을 걷기도 하고 배가 출렁거릴 때까지 약수를 먹기도 했다.
숲은 그리 무성하지 않았지만 그렇다고 초라하거나 메마르지

도 않았다. 호텔 부대시설 중 하나인 온천욕을 즐긴 여자들이 벌건 얼굴에 젖은 머리를 하고 와선 수다를 떨거나 캔맥주을 마시며 숲을 뒤흔들어도 숲은 개의치 않는 것 같았다. 나도 개의치 않았다.

아무데도 찾아가지 않고 그 숲에서 오솔길을 걷거나 바위에 걸터앉은 채 오후를 보냈다. 그러다 저녁때가 되면 기름진 꼬리곰탕을 사먹고 방으로 들어가선 창문을 열고 밖을 내다보았다. 차들이 쉬지 않고 빠져나가고 들어오곤 했다. 해가 지고 밤이 깊어도 창문을 닫지 않았다. 침대에 누울까 말까 늘어지는 몸을 이길 수 없을 때까지 망설였다. 열두시 즈음 방불을 먼저 껐다. 그러고는 깊은 동굴 속 같은 침대에 드디어 누웠다. 달리는 차 소리가 점점 빨라지는 걸로 보아 밤이 깊어가고 있었다. 서울에서 400킬로미터나 떨어진 작은 도시였다. 그 도시의 동쪽 끝 한 도로를 무서운 기세로 달리는 차 소리를 들으며 승요에게 엽서를 써야 하는데, 나도 모르게 중얼거렸다. 이미 오래된 버릇이었다. 이불을 뒤집어썼다. 이곳은 외지였다. 내가 소리내 울어도 아무도 나에게 간섭할 수 없었다. 더구나 이유를 물을 수는 없었다. 그래도 나는 이불을 뒤집어쓴 채 보고픈 승요에게, 떠듬거리며 목소리로 엽서를 썼다. 차들은 아직도 세상 끝을 향하는 속도로 어딘가로 내달리고 있었다.

새벽녘 침대에서 일어났다. 분명 조금은 무서운 마음으로 몸을 일으켰다. 방을 나와 붉은 주단이 깔린 긴 복도를 오른쪽 왼쪽 방 번호를 무의식적으로 확인하며 걸었다. 비상구 계단을 거쳐 호텔 로비로 내려갔다. 프런트는 비어 있었다. 어딜 가나 텅 비어 있는 호텔이었다. 현관문 앞에서 머뭇거리다 밖으로 나갔다. 정문을 등지고 서서 기역자 모양의 호텔 본관을 향해 섰다. 내가 투숙해 있는 417호실에서 누군가 나를 바라보고 있을지도 몰랐다. 목표물인 나를 잘 조준하여 최신형 권총으로 쾅, 심장 한가운데를 쏴버릴지도 몰랐다.

아무것도 위안 삼을 게 없었다. 낯선 도시의 싸늘한 새벽 공기가 나를 몰아세웠다. 나는 무섭다, 아니 나는 졸릴 뿐이다. 아슬아슬하게, 나는 역시 겁쟁이다, 아니다 나는 성난 불곰이다, 무슨 소리, 나는 선구자다 그러나, 끝내 발이 시린 걸 참지 못하는 엄살쟁이로 돌아온 나는 현관 출입문 쪽으로 터벅터벅 발걸음을 옮겼다.

다음날, 이틀 밤을 묵었던 호텔을 떠났다. 떠나기 전 뒷산으로 가 늘 앉던 평평한 바위에 삼십분 가량을 양말을 벗은 채 앉아 있었다. 말을 걸어오지 않는 숲이었다. 자연이 두렵지 않은 적은 처음이었다. 그 용기에 힘입어 계절도 터득했다. 발끝이 한낮에도 이렇듯 찌릿하게 시린 걸로 보아 계절은 이제야 늦겨울로 흐르고 있었다.


J는 17년째 같은 꿈을 꾼다. 그녀는 나와 나이가 같은데, 열두살 때부터 똑같은 꿈을 꾸었다고 한다.

그녀는 뒤늦게 대학에 입학해 겨우 두 해 전에 졸업했고, 그 후로는 영어회화 대본 쓰는 아르바이트를 계속하며 틈틈이 프랑스어와 스페인어를 공부하는 나의 동료다. J에겐 확실히 천재적인 외국어 습득 능력이 있다. 언어는 혀로 배우는 것이라는 그녀의 지론을 몸소 실천하듯 쉬지 않고 지껄이고 흉내내길 즐기는 사람을 나는 정말 처음 보았다. 콘텐츠 편집 자문위원에 속한 외국인들과도 전문적인 대화를 깊이있게 나누는 J를 보며 그녀가 환갑이 되면 도대체 몇개 국어를 구사해낼지를 가늠해보는 동료들도 많았다. 내가 일을 그만둔 뒤로는 젊고 유능한 파트너를 만나 수월하게 일을 한다는 소리를 들었는데, 수월하다는 의미 속에는 아무래도 다른 속뜻이 숨겨져 있는 것만 같아 뻔하지, 혼자 중얼거리며 웃기도 했다. 이미 새로운 파트너의 식성과 사는 곳, 즐겨 입는 옷 스타일 등을 내가 다 기억할 정도로 그녀는 파트너에게 빠져 있었다. J야말로 외모만으로도 사람들 눈을 끌 만했다. 어딘가 유럽영화 같은 데서 본 듯한 얼굴이었다. 적어도 내 눈엔 그렇게 보였다. 일반적인 미인형이 아닌, 작으면서도 암시적인 눈과 하얀 얼굴이 꽤 매력적이었다. 아마 그녀의 파트너도 그런 그녀에게 벌써 눈멀었을 가능성이 높았다.

같은 날 월급을 받고, 같은 날 적금을 붓고, 같은 날 팀회의를 하고, 같은 날 쇼핑을 가고, 거의 같은 날 빈털터리가 되는 동안 J와 나의 생활은 엇비슷해져 있었다. 그녀는 어땠을지 모르지만 나는 그점이 싫지 않았다. 자신의 사고와 버릇, 취향 등에 객관적 자세를 유지하는 사람과는 무엇이 같아진다 해도 단조로울 게 없었다. 이런 사람들이야말로 따라하는 걸 싫어하기 때문에 생활의 사이클이 같아지는 게 오히려 재밌었다. J를 보며 '다양하다'는 말의 의미를 드디어 파악했다 할 수도 있겠다.

그런데 그녀의 꿈만은 다양하지 못한 이유가 무엇일까. 자신의 꿈에 대해 사람들에게 해석을 부탁하면 사람들은 늘 어느 불행한 시인의 암울한 시만 읽어주었다면서 그녀는 일할 때마다 나를 성가시게 했다. 내가 그녀에게 날씨를 설명해달라며 J를 성가시게 했다면 J는 내게 꿈을 해석해달라며 나를 귀찮게 했다. 그녀의 꿈 얘기는 다음과 같다.

산속을 헤매다니다 넓고 긴 강 앞에 이른다. 강 건너로 찾아헤매던 집이 보인다. 죽을힘을 다해 헤엄치기 시작한다. 무사히 강을 건넌다. 집으로 달려간다. 그런데 집은 사라지고 없다. 집은 바로 강 건너로 옮겨가 있다. 다시 강을 건넌다. 그러나 건너편으로 가면 집은 금세 강 건너로 또 옮겨가 있다. 밤새도록 강을 건넌다. 그러나 집은 여전히 건너편에 있다. 지쳐 쓰러져 운다. 강물은 불어난다. 마침 검은 옷을 입은 여러 시체들이 강물 위로 떠올라온다. 강물은 시체들 때문에 검은 빛으로 물든다. 집은 밤새 바로 강 건너에 있다.

생각지도 않았는데 열차소리가 들려올 때면 우리는 하던 얘기를 멈추고 서로의 머리 위 어딘가를 쳐다보았다. 이상하게도 철길이 눈앞에 펼쳐지는 기분이었다. 쉽사리 사라지지 않는 열차소리의 여운은 나와 J 사이에 놓인 투명한 커피잔 사이를, 그리고 우리들의 엄격한 일상과 그녀의 고질적인 꿈 사이를 몽롱하게 맴돌았다.

J를 만나는 게 역시 좋은 방법이었다. 사람을 도착지점으로 삼을 수 있어 편안했다. 그녀 앞에서는 하나 하나 설명할 필요가 없었다. 마침 J는 새롭게 러시아어를 시작할 참이라고 말하던 중이었고, 나는 그녀에게 당분간 아무 외국어도 공부하지 않는 게 어떻겠느냐고 좀 큰 소리로 말하던 중이었다. 모국어만 사용하라고. 그렇지만 J는 몰두하면 그만이었다. 사람에건, 음식에건, 언어에건, 계절에건, 심지어 그 흔한 모나미 153 검정 볼펜에건. 그녀에겐 공동체 정서라는 게 아예 없어 보였지만 그녀의 솔직함이 모든 걸 만회해주는 듯 보였다. 그렇다면 꿈은 솔직함으로도 풀어볼 수 없는 다른 성질의 것이란 말인가.

우리는 J의 꿈 얘기며 단조로웠던 나의 여행기, 아직도 할 얘기가 태산 같은 그녀의 파트너, 이따금 그녀와 나의 (100점이나 차이나는) 토익점수 타령, 그러다 점수를 잊고 싶으면 최근에 반영구 클리닉에서 시술받은 그녀의 눈썹, 혹은 오리지널을 방불케 하는 나의 짝퉁 구찌 가방 등에 대해 쉬엄쉬엄 이야기를 나눴다. 우리는 리필 커피를 한 잔씩 더 마시고서야 일어섰다. 거리로 나와선, 달라진 모습에 아직도 적응이 안 되는, 신촌 기차역사 주변을 거쳐 지하철역까지 천천히 걸었다. 내가 J에게 팔짱을 끼기도 하고 그녀가 순간순간 내게 어깨동무를 하기도 했다. 헤어지기 바로 전까지 우리는 거리에서 나눌 만한 이야기들을 계속 주고받았다. 그러다 J가 정류장 쪽으로 버스를 타러 가기 위해 내게 안녕, 인사를 한 뒤 서로 등을 돌리고 서너 걸음이나 걸었을까 싶은 순간, 다시 달려와 내 팔을 흔들며 허둥대는 바람에 나는 목도리를 땅에 떨어뜨린 채 왜 그래, 놀라 묻지 않을 수 없었다. J는 목도리를 얼른 주워 내게 건네며 소리쳤다.

"휘파람에게 엽서는 썼어?"


언젠가 승요가 말했던 것처럼 지하철은 산이 타는 소리를 내며 달리고 있었다. 나는 가방끈을 만지작거렸다. 어디서 산이 이렇게 지하에 갇혀 불타고 있을까. 그의 복숭앗빛 귀가 떠올랐다. 그러자 큰 발도 떠올랐다.

지하철에서 내려 집에 이르는 동안 반려견과 함께 나온 사람이 옆을 지날 때마다 나도 모르게 핸드폰을 꺼내 시간을 확인했다. 약국 앞에서 10시 42분, 집 골목 앞에서는 10시 47분. 집에 거의 다다랐다간 큰길가로 나가보길 두어 번 반복했다. 다시 지하철역, 11시 15분. 그런데 바로 그때 지하철 출구 계단을 급하게 올라오는 한 여자와 눈이 마주쳤는데 하필 여자는 내 옆을 바싹 지나쳐 가며 눈물을 흘렸다. 울 곳이 없어 거리에서 울고 있을까. 거대한 울림이 순식간에 거리에 가득 찼다. 나는 세상 끝 어느 언저리에 매달려 있었고 울고 있는 저 여자는 내 발목에 위태롭게 매달려 있었다. 여자는 손바닥으로 입을 가린 채 택시를 잡았다. 살펴보니 움직이기 시작하는 택시 안에서도 고개를 숙인 채 울고 있었다. 저 여자는 갈 곳이 없을 거라고 내 멋대로 생각했다. 여자는 사라졌다. 그런데도 거리는 평화롭지 않았다. 나는 코트 주머니에 손을 넣은 채 어쩔 수 없이 다시 집으로 향했다.

모르는 이의 울음이 모든 걸 말해주는 밤이란.

돈은 일찌감치 탈락이었다. 돈이 우리를 싫어했다. 땅도 마찬가지였고 그 위에 세워진 것들도 똑같았다. 눈에 보이는 것들 때문에 오히려 우리의 눈이 흐려진다고 승요와 나는 개탄했다. 우리는 지식을 가장 공평하다고 생각했다. 노력을 필요로 한다는 점, 깊이의 차이는 있을망정 가까이 다가갈수록 누구에게든 응답해준다는 점, 고갈되지 않는다는 점, 죽이 되든 밥이 되든 혼자 알아서 해야 한다는 점, 이런 것들이 우리의 마음을 쉽게 뒤흔들었다. 체계 없고 계획 없이 닥치는 대로 읽어대며 우리는 전공에서 점점 멀어졌다. 나는 500쪽 가까이 되는 '보험론'을 가장 열정적으로 탐독했고, 승요는 풍수지리나 역학, 민속학 책을 즐겨 읽었다. 그런데 승요와 함께 도서관에 머무는 시간이 많으면 많아질수록 묻지 않을 수 없었다. 공유할 수 있는 지식을 위한 시간인가, 승요와 함께 있음을 즐기기 위한 시간인가. 초점을 벗어난 잡스러운 것에도 나는 꽤 심각했다.

승요는 집에서 우유를 얼려와 중간 중간 휴게실에서 그것에다 자판기커피를 부어먹곤 했다. 처음에는 끈질기게 흉을 보던 나도 나중에는 같이 먹었다. 졸음이 가시기도 했고 텁텁한 입속이 상쾌해지기도 했다. 가끔씩 J와도 사무실에서 얼린 우유에 자판기커피를 부어먹곤 했다. 처음엔 J도 나를 놀렸지만 나중에는 그녀도 내 것을 빼앗아 먹었다. 유치함은 쉽게 전염되어 나른한 오후를 즐겁게 만들었다.

한가한 오후, 얼린 우유에 믹스 커피를 부어먹으려는 순간 전화벨이 울렸다. J였다. 신촌 '피스톨'로 나오라고. 꽤 신나는 일들이 일어나고 있음을 암시하는 목소리였다. 나는 오랜만에 머리를 감고, 손톱 소지를 하고, 화장을 하고, 아직 이르다 싶은 청재킷을 입고, 가짜 구찌 가방을 메고 집을 나섰다.

예상했던 대로 그녀는 새 파트너와 함께 나와 있었다. 처음 보는 사람 같지 않은 인상이었다. 첫인상 같아선 왜 J가 저 남자에게 정신을 잃었을까 싶을 정도로 지루해 보였다. 그리고 그다지 젊어 보이지도 않았다. 경영대학원에 다니고 있으며 파트 타임으로 이 일을 한다고 남자는 자기를 멋없이 소개했다. 그래서일까, 그의 이름을 듣는 순간 나는 그 자리에서 잊어버렸다. 우리는 잠시 형식적인 이야기를 주고받았다. 이미 다 알고 있는 것들을 내 편에서 먼저 모르는 척 물었다.

탁자 위에는 너저분하게 서류가 흩어져 있었다. 그녀와 파트너의 설명인즉, 굴지의 IT기업 출신 기술개발자와 교육 전문연구원을 영입해 유아교육 콘텐츠 개발에 박차를 가하는 상황이어서 회사 전체가 들떠 있다는 전달이었다. 그들의 설명을 듣다보니 내 기분도 가벼워졌다. 어느 한 조직이라도 기사회생한다는 건 범사회적으로도 기쁜 일일 테니까.

조직을 개편하면서 J와 그녀의 파트너가 새로 생긴 '에듀 협업 인큐베이팅' 팀으로 갔으니 전에 하던 '스크린 생존영어' 팀을 당장 와해시킬 순 없고 다른 팀이 맡아야 하는데 알다시피 사람이 어디 있느냐며 J는 어물쩍 말끝을 흐렸다. 나는 알아들었다는 듯 웃어 보였다. 아무래도 사무실에서 박실장과도 이야기를 끝내고 나온 것 같았다. 내가 취해야 할 방법은 단 한 가지뿐이었다. 말이 끝나자마자 영화 파일이 담긴 USB를 건네받았다. '스크린 생존영어' 교재팀에서 뽑아놓은 관용구, 활용할 영화대사 리스트 등 탁자 위의 서류들은 알아서 내가 챙겼다.

우리는 간단히 저녁을 먹으며 맥주를 한잔씩 했다. 나에겐 치사량이라 할 수 있는 맥주 한 병을 성의껏 다 마셨는데, J와 파트너는 은근히 내 눈치를 보면서 잘 마시지 않았다. 오늘따라 질긴 돈가스, 눅눅한 팝콘, J의 고혹적인 웃음소리, 그리고 자꾸 그녀의 옆구리께를 투박한 손으로 쓸어내리는 파트너 때문에 먹는 것마다 그렇게 느끼할 수가 없었다.

처음에 손을 댄 영화부터 말도 안 되는 이야기였다. 늘 맛보는 황당함이다. 순진하기만 하던 주인공이 범죄자인 사촌 때문에 자신도 모르는 사이 범죄조직에 말려들어 가족은 물론 도시 전체를 파괴하려다 죽음을 맞이한다는 내용인데, 흔히 말하는 저급한 언어가 대부분이고, 상황도 이유 없이 폭력적인 데다 선정적이었다. 이 중에서 23개의 기억할 표현을 찾아낸 강사팀이야말로 놀라운 선수들이었다. 일정 수준에 오른 사람들은 오히려 이러한 저급 영어를 찾는다는 박실장의 주장을 믿어야 할지 말아야 할지. 많지도 않았던 회원수가 점점 더 줄어드는 불량한 콘텐츠지만 1초의 시간이라도 초과하거나 모자라지 않게, 얼굴만 반반한 초보자가 아닌 스타성 강하고 영어실력도 뛰어난 진행자가 섭외되기만을 바라며 작업을 계속했다.

외국어에 능숙하면 더 많이 공평해질 줄 알고 정신없이 파고든 영어 덕분에 어쨌든 나는 실업자이면서도 당장에는 할 일이 많은 영예를 누리고 있었다. 컴퓨터 앞에서 국어사전과 영어사전을 검색해 작업을 하고, 대본을 마지막으로 정리하면서는 마치 스타 강사라도 된 것처럼 거울 앞에서 손짓 발짓은 물론 신$^{scene}$별로 시간까지 재가며 읽어보았다. 그러곤 책상 앞에 앉아 영화대사며 제시한 응용예문을 고3 때처럼 연습장 한가득 쓰며 외우기도 했다. 모국어가 그리워지면 보험론을 펴놓고 줄친 부분을 읽어보기도 하고 연습문제로 나온 손실분산효과 문제를 끙끙거리며 풀어보기도 했다. 물론 답은 나오지 않았고 풀이과정을 봐도 이해는 되지 않았다. 그래도 보험론을 덮지 않았다.

열두시가 넘어 보험과 투기와 도박을 비교 분석해놓은 표를 외우는데 휴대폰 벨이 울렸다. 나는 받지 않고 끊어지기만 기다렸다. 그런데 열 번이 넘도록 벨은 계속 울렸다. 도대체 이 시간에 누구야, 하고 발신인을 확인하니 J였다. 그녀는 대번에 미안하다면서 말을 시작했다.

"나 때문에 제대로 놀지도 못하고……."

실업자에 대한 예의가 아니라면서 그녀는 싱겁게 웃었다. 나는 파트너 때문에 미안해했으면 좋겠다고 말했다. 무슨 말이냐고 팽팽한 목소리로 J가 물었다. 나는 나도 모르겠다고, 무성의하게 대답했다.

"어느 동네서 놀던 사람이야?"

이번에는 다분히 노골적으로 물었다.

"사대부 동네."

"에듀 협업 인큐베이팅 팀은 뭐하는 데야?"

"그냥 눈치나 보는 데?"

"그럼 이제 신생아실도 생기나?"

"아무렴."

우리는 거의 동시에 웃기 시작해 한참을 숨이 차도록 웃었다.

"휘파람이랑 전화하던 중이었지?"

J가 언제 웃었느냐는 듯 꽤 공격적으로 물었다.

"아니."

짧게 대답했다. J는 승요를 왜 꼭 휘파람이라고 부를까.

"언젠가 우리 사무실에서 밤샘하던 날 있었잖아……."

J 목소리가 길게 끌렸다. 밤샘하던 날이야 종종 있었다. 일은 미뤘다 한꺼번에 해야 하는 법이라고, 그러는 게 시간을 버는 길이라고 J와 나는 서로를 훈계했으니까. 그녀의 목소리는 늘 어진 채 계속 들려왔다.

"휘파람이 사무실로 전화해서 밤늦게까지 일하느라 힘들 텐데 자기가 즐겁게 해주겠다고, 왜 나한테도 들어보라고 눈짓했던 밤 있잖아."

아무래도 그녀는 조금 취한 것 같았다. 그래 그런 밤이 있었지. 마음이 괜히 무거워졌다. 그런데 정말 그런 밤이 있었던가. 듣고 있느냐고 J가 물었다. 듣고 있으면 고개를 끄덕이라고. 나는 고개를 끄덕였다.

"휘파람이 휘파람으로 멋진 노래 들려줬잖아. 남미 어느 나라 노래라고, 단 한 여자를 위해 연습했다고. 휘파람이 멋진 노래를 휘파람으로 휘휘 부는 동안 누구누구는 눈물이 글썽해가지고, 얼레꼴레."

우리는 서로 한동안 아무 말도 하지 않았다. 그런데 저쪽에서 문득 후후 하는 한숨과도 같은 소리가 들렸다. 후후휘횟우우웃우…….

"그 노래 기억하지?"

J는 같이 해보자고 조르기 시작했다. 그러나 내 입은 잘 오므려지지 않았다. 그래도 그녀는 시이작, 하면서 먼저 한숨소리를 내기 시작했다.

우리는 멜로디도 없고 리듬도 없고 가사도 없는 이상한 노래를 수화기에다 대고 후후휘웃 같이 불렀다. J는 사랑에 빠져 다른 이의 사랑에도 애잔한 마음을 숨길 줄 몰랐다. 그리고 그것이 지나간 사랑이건 타오르는 사랑이건 그녀에겐 아무 상관도 없는 듯 보였다.

"나, 이 노래 제목 알아냈다."

J는 방금 전과는 달리 딱 부러지는 투로 말했다.

"알고 싶지?"

내가 생각하기에도 큰 목소리로 대답했다.

"아니."

"아냐, 알고 싶을걸. 우리 스페인어 선생님이 가르쳐줬는데."

나는 나도 모르게 귀를 기울였다. 말과는 달리 J를 독촉했다. 취중의 그녀가 제목을 잊어버리기라도 하면 큰일이라는 생각마저 들었다. 아무 말 없는 J 때문에 차츰차츰 조바심마저 일었다.

"알고 싶지?"

"빨리 말해."

"El dia que me quieras."

전화선을 통해 들려오는 이국의 멋진 문장을 나는 내 나름

대로 해석하며 듣고 있었다. J가 즉흥적으로 지어낸 제목이라 할지라도 그것을 믿기로 했다. 짧으면서도 사랑스러운 구절이었다. 휘파람으로 새겨진 멜로디와 비슷하다고도 생각되었다. 승요의 호흡으로 발음되면 어떤 의미의 파문이 깊은 이 밤을 다시 뒤흔들어놓을까.

"엘 디아 께 메 끼에라스……."

나도 따라해보았다. 조용하게, 마음의 소리로.

"당신이 나를 사랑하는 날……."


세계전도를 펼치면 볼펜 끝으로 살짝 가리기만 해도 완전히 사라지는 섬나라가 있다. 나는 날마다 그 섬으로 날아가는 꿈을 꾼다. 깨어나면 꿈이지만 오렌지향이며 이름 모를 족들의 격렬한 춤은 일상 속에서도 사라지지 않는다. 그 나라에서는 남자와 여자가 사랑을 한다. 남자는 태양이 내리쬐는 시간에 사랑을 하고 여자는 별이 빛나는 때에 사랑을 한다. 그들이 함께 사랑할 수 있는 시간은 기다려도 오지 않는다. 왜 너의 시간 속에서 나를 사랑하느냐고 여자는 남자에게 남자는 여자에게 수없이 묻는다.

영화 세 편을 가뿐하게 작업해서 J에게 보냈다. 그녀는 계속 해줬으면 하는 기색을 보였지만 단호하게 거절했다. J도 더이상은 요구하지 않았다.

이제 할 일이 없었다. 집은 언제나처럼 조용했고 휴대폰 벨도 울리지 않았다. 아니 울려도 받지 않았다. 며칠째 밥을 먹은 기억은 없는데 적당히 등이 따뜻하며 아무 느낌도 없었다.

'당신이 나를 사랑하는 날'을 혼자 휘파람으로 불어보곤 했다. 결국 내가 반대 방향을 향해 돌아서서 귀를 막았던 시간에 승요는 휘파람을 불다 지쳐 떠난 것일지도 몰랐다. 예감으로만 사랑하면 족하다고 생각했던 나의 게으름을 사과하고 싶었다. 승요처럼 휘파람을 불고 싶었는데 잘 되지 않던 나를 향해 그가 했던 말이 아직까지도 공기 중에 예리하게 떠 있는 걸 뒤늦게 깨닫기도 하며.

―호흡에 그리움이 없으니까 그렇지.

남쪽에서 꽃소식이 올라온 날, 옛 친구 세 명이 나를 찾아왔다. 그들은 사복형사처럼 들이닥쳤다. 틀어박혀 긴 잠이나 자고 똑같은 꿈이나 꾸던 나는 지명수배자가 그랬을 법한 태도로 그들을 맞았다. 남대문에서 남편과 함께 구두 도매업을 하는 친구는 쇼핑백에 자주색 봄 구두를 담아왔고, 최근 증권회사 동료와 결혼한 친구는 회사 다이어리며 탁상달력을 들고왔고, 벌써 셋째 아이를 가진 한 친구는 북어찜을 만들어 플라스틱 그릇에 한가득 담아왔다. 친구들은 오자마자 밥을 지어주었다. 북어찜을 해서 일단 오랜만에 배부르게 밥을 먹었다. 같이 차도 마셨다. 그런데 밥을 먹고 차를 마시고도 그들은 가지 않았다. 나는 그들에게 그만 가라고 했다. 그랬더니 그들은 내가 왜 이 꼴로 살고 있는가에 대해 '삶에 안정이 없기 때문'이라고 쏘아붙였다. 그들은 이 말을 하기 위해 서로 약속을 정해 나를 찾아오고, 밥을 먹고, 차를 마시도록 꾹 참고 기다렸던 것 같았다. 나는 정말 불안정했다. 그런데 그들이 그렇게 말하는 순간 내 마음은 거짓말같이 편안해졌다.

옛 친구 세 명이 나를 보며 자꾸 말하라고 했다. 나는 터질 것 같은 배를 두드리며 벽을 향해 누워버렸다. 그들은 내가 아무 말이라도 하기 전까지는 가지 않겠다고 버텼다. 나는 좀 피곤할 뿐이라고 얼버무렸다. 북어찜을 잘 만드는 친구가 훌쩍훌쩍 울기 시작했다. 초등학교 4학년부터 중학교 3학년까지 단둘이서만 일기장을 바꿔 보았던 친구 때문에 일어나 앉지 않을 수 없었다.

"울지 마, 응?"

나는 중얼거리듯 겨우 말했다. 그러나 아무도 내 말을 듣지 않았다. 자신들이 기다리던 말이 아니면 그들은 듣지 않았다. 왜 옛 친구들 앞에서는 너희들 도대체 뭐야, 라고 소리 지를 수 없는지. 하지만 너희들 도대체 뭐야, 라고 누가 내 친구들에게 악을 쓴다면 나는 그 작자를 그 자리에서 때려눕힐 수도 있었다.

침대 아래로 내려가 다리를 펴고 앉았다. 무슨 말부터 할까. 어떤 노래를 기억해냈다는 말부터, 그 노래의 뜻을 알아냈다는 말부터, 아니 그 노래를 불러준 사람의 사랑은 이미 떠나갔다는 말부터. 그래서 나는 어저께도 그저께도 그가 살던 집 앞을 서성이는 꿈을 꿨다는 말부터, 밤마다 작은 섬나라로 날아가는 꿈을 꾼다는 말부터.

"처음에는……."

나는 천천히 시작했다.

"아니, 도미니카라는 나라 알아? 도미니카? 너희들, 그 나라에는 커피와 야자수만 있는 게 아니거든."

나는 방바닥 한 곳을 가리켰다. 마치 거기가 도미니카라는 듯.

"그 나라 어느 바닷가 근처에는 어느 공장이 있어. 그 공장에서 사람들은 밤낮 스키복을 만들어. 그리고 그걸 유럽으로 수출해. 그 옷은 정말 최고급이야. 그러니까 아무렇게나 만들면 안 돼."

나는 숨이 가빠서 말을 잠깐 멈췄다.

"그 옷이 잘 만들어지고 있게, 못 만들어지고 있게……."

친구들 얼굴은 똑같았다. 스키복 따위에는 관심도 없다는 친구들 눈빛 때문에 나는 다리를 다시 구부릴 수밖에 없었다.

"그거 알아보려고 3개월 전에 승요가 그 공장으로 갔대. 연락이 안 돼서 열흘 전에 회사로 전화해서 알았어. 한 3년 걸린대."

울던 친구가 만삭의 배를 어루만졌다. 두 친구의 눈길도 한참을 방황하다 거기에 머물렀다.

"글쎄 난, 그 나라가 정확히 어딨는지도 모르는 게 너무 미안해서, 시간을 아껴 쓰지 못한 게 부끄러워서,"

장판 위의 도미니카가 흐려지기 시작했다.

"그리고…… 간혹, 모든 게 쉽다는 생각도 들어서……."

나는 말을 멈추고 손바닥으로 눈물을 닦았다.

그들은 차 한 잔씩을 더 마시고는 이제 돌아가겠다고 했다. 잡을 이유가 없었으므로 그들을 보냈다. 그들은 전처럼 많은 것을 당부하거나 강요하지 않은 채 내게 인사를 건넸고 나도 형식적인 다짐이나 조급한 약속은 생략한 채 그들을 보냈다. 다만 그들은 쌀이 떨어졌으니 쌀을 사다놓으라고만 내게 일렀다. 나는 친구들과 조용히 헤어졌다.

그들이 돌아간 뒤 청소를 했다. 바닥은 물론 창틀이며 장롱 위, 냉장고 속까지 꼼꼼하게 쓸고 닦았다. 청소 후에는 책상 앞에 달력을 세워놓았고, 거울 앞에 서서는 무릎 나온 운동복바지 차림으로 자주색 새 구두를 신었다. 그리고 멀쩡하게 제자리걸음을 걸었다. 다리가 아주 길어 보였다. 구두를 신은 채 남은 북어찜을 해서 늦은 저녁을 먹고는 다이어리에다 올해 들어 처음인 일기를 길게 써내려갔다. 승요와 마지막 통화를 했던 날 밤 이야기, S시의 텅 빈 호텔, 그리고 휘파람, 친구들이 주고 간 선물, 내가 밤마다 섬을 향해 날아가는 꿈.

일기를 쓴 뒤에는 가볍게 샤워를 했다. 몸을 씻고 나오니 빗소리가 들렸다. 봄비가 내리고 있었다.

다시 자주색 구두를 신은 채 침대에 누워 J에게 전화를 걸었다.

"그래서 말인데,"

그녀는 하던 말을 이어가듯 대뜸 이렇게 말했다. 반갑게도 나처럼 봄비를 귀담아 듣던 목소리였다.

"내 꿈 말이야. 서른까지만 꿀 것 같아."

아무래도 J도 뭔가 결단을 내린 듯한 목소리였다. 어느 쪽의, 무엇의 결단이든 그녀의 결단을 믿기로 했다.

"그렇고말고, 나도 그 말 하려고."

우리는 잠시 낮게 웃었다.

"참, 내일 쌀 사러 같이 마트에 안 갈래?"

J는 지금이라도 가자며 서둘러 대답했다. 캄다운 캄다운, 나는 올빼미 쇼핑족 J를 진정시켰다.

"J, 도미니카라는 나라 알아?"

나는 발을 들어 자주색 구두를 바라보며 물었다.

"알지."

흥미롭다는 듯 그녀가 대답했다.

"그 나라에선 어떤 말을 하지? 스페인어?"

"그렇지."

나는 J에게 스페인어를 배우고 싶다고, 가르쳐달라고 말했다. 서른을 보내기 전에 새로운 말을 배우고 싶다고, 호흡하는 법도, 발음하는 법도 다 새로 배우고 싶다고, 승요가 휘파람으로 노래를 연습했던 것처럼 성실하게, 끈기있게 나도 새로운 말을 연습하고 싶다고, J에게 안 들리게 크게 크게 말했다. 그녀는 대찬성이라며 환호성을 질렀다.

아디오스 탱고

"……J, 근데 스페인어로 헤어질 때 하는 인사가 뭐지?"

"그게 궁금해?"

나는 고개를 끄덕였다. 헤어지는 인사를 제대로 건네야만 다시 만날 수 있는 게 아닐까. 단, 그다지 슬픈 어감의 낱말만 아니라면.

"아디오스."

"아디오스……."

# 옛 노래 3
## ─비교감상학 시간

부단장은 메이의 발표와 연주가 끝나고 박수소리의 잔향마저 사라진 지금까지 아무 말이 없다. 또다시 우습게도 음악이었다. 강의실 안 모든 이들의 마음이 그럴 것 같았다. 필요한 침묵이 흘렀다. 미리도 전율에 휩싸인 채 그저 가만있었다. 지금까지의 모든 복잡한 일들이 말끔히 해결이라도 된 듯한 기분이었다. 선택과목인 작곡실습 과제곡을 한 곡도 통과시키지 못한 상황, 그래서 한교수를 만나 욕인지 위로인지 저주인지 모를 충고를 듣고 온 상황, 로드센 모든 과에서 연주자를 뽑아 세우는 통합졸업연주회 1차 오디션에서 보기 좋게 미끄러진 상황, 종합관 매점 알바 자리를 이제는 그만둬야 하는 상황, 이 모든 것들이 메이의 연주를 들은 후 생각해보니 다 별 거 아닌 일들만 같았다.

미리는 한참 만에 고개를 들고 피아노 앞의 메이를 바라보았다. 감히 고개를 들 수 없을 만큼 연주자는 이 공간의 모든 것을 장악했다. 메이는 이마의 땀을 닦으며 숨을 고르고 있었다. 피아노 앞에 앉아 있는 모습은 방금 전과는 완전히 다른 사람이었다. 지금은 괴팍한 듯 털털한, 진지한 듯 엉뚱한, 발끝을 까딱거리며 콧등의 땀을 훔쳐내는 평상시 메이의 모습 그대로였다. 강의실에 같이 앉아는 있지만 메이는 모든 이의 스승이요 선구자요 따라잡을 수 없는 경쟁자였다.

미리는 맨 앞자리에 학생처럼 앉아 있는 와인색 카디건의 부단장 등허리를 다시 쳐다보았다. 자유분방한 부단장이라지만 메이의 발표와 연주에 당황스러움과 감동을 숨기기는 힘들 것이다. 마침 부단장의 구부정했던 상체가 서서히 움직이기 시작했다. 생각지도 못한 상황에 직면하면 부단장은 앉았던 몸부터 일으키곤 했다. 부단장은 이제부터 분명 보충의견이나 지지의견 혹은 반대의견은 없느냐고 물을 것이 뻔했다. 그가 드디어 일어서며 입을 열었다.

"어땠나요?"

늘 어깨가 오그라들어 보일 만큼 꽉 끼는 재킷을 입던 부단장이 헐렁한 카디건을 걸치고 앞에 서니 딴 사람 같았다. 그도 이제야 안정을 찾은 얼굴이었다.

사실 선택과목인 '비교감상학' 강의는 위로부터의 지시로 폐강 위기에 몰린 적도 있었지만 그때마다 학생들의 전원 수강신청으로 되살아난 거의 전설의 강의였다. 하지만 다음 학기의 운명은 늘 의문이었다. 이 시간엔 이 시간만의 규칙이 있었다. 언급되는 모든 곡들의 사소한 악상기호는 물론 작곡자나 연주자의 의도와 스타일, 곡들의 객관적인 배경지식과 평들마저 무시한 채 날것 그대로 까발려보는 게 강의의 목표였다. 그래서 내 맘에 맞게 내 해석대로 연주해보고 그 연주를 서로 감상해보는 시간이었다. 타당할 뿐 아니라 재해석의 깊이가 있는 발표와 연주라면 부단장은 학생들의 의견을 존중해주었고 공감해주었고 존경어린 평까지 덧붙여주었다. 특히 비교선택곡을 로드센 출신이나 로드센 선생이 연주한 곡으로 굳이 정한 경우에는 부단장이나 학생들 모두 더욱 날카로운 칼날을 들이댔다. 일종의 복수심리랄까. 실기시간에 당했던 만큼 철저하게 응징하지 않으면 공동체의 합의를 거스른 자로 은근 배제당하는 분위기였다. 강의를 시작하며 공포한 부단장의 선언부터 환상이었다.

　'여러분, 학교라는 곳엔 당연히 학생과 선생이 있어요. 물론 이 구분은 표피적이고 관습적이죠. 선생이 학생 같고 학생이 선생 같은 학교도 많을 거예요. 그러니 아무나 붙들고 물어보세요. 욕을 퍼부으며 밟아버리고 싶은 선생이 있는지 없는지. 학교는 그런 지랄맞은 곳입니다. 학생들은 학교에서 선생들에게 상습적으로 모욕을 받아요. 예술학교에선 더합니다. 로드센도 그런 면에선 둘째가라면 서러워할 곳이죠. 벌써 마지막 학기네요. 매 학기 존폐위기에 시달려온 비교감상학 과목은 내가 몸을 날려 사수한 결과이기도 하지만, 여러분의 선배들로부터 지금까지 여러분이 이끌어온 시간입니다. 이 시간을 통해 그동안 쌓인 한과 스트레스를 예술가답게 음악성과 조합해 풀어버립시다. 점수는 후하게 드릴게요.'

해석한 대로 멋대로 연주해도 아무 상관 없었지만 주관의 깊이가 타당성을 획득하기까지 '멋대로'를 어떻게 형상화하느냐가 문제였다. 스타일은 기교로 얄팍하게나마 흉내낼 수 있었다. 하지만 스타일이 음악가의 내면을 보여주지 못하고 철학을 반영하지 못한다면 심판대 위의 연주자는 허수아비에 불과했다. 오늘의 죄인인 베토벤을 들었다 놨다 할 수 있을 만큼 연구하고 연습했다는 증거만 보이면 그만이었다. 오늘의 주요 먹잇감인 그의 피아노소나타 「비창」을 통해 자신의 음악철학을 모두에게 설파하면 그만이었다. 말이 되는가. 그러니, 쉽지 않은 시간이었다. 잔인한 '비교감상학' 시간이었다.

발표자 겸 연주자인 메이는 역시 준비해온 대로 솔직하게 발표했고 과감하게 연주했다. 전공자가 아니더라도 어려서 피아노 좀 배웠다는 사람이라면 누구나 연주해봤을 「비창」이었다. 그래도 메이처럼 모든 악장을 준비한 경우는 흔치 않았다. 필요한 부분만 연습해오거나 한 악장만 선택하는 경우가 더 많았다.

"오늘 연주자의 연주엔 설득력이 있었나요?"

흔히들 이 강의를 비교감상학이라 부르지 않고 논술시간이
나 웅변시간이라 부를 정도로 부단장은 늘 연주를 놓고 청중
을 설득했는가 못했는가를 캐물었다. 연주를 통해 청중을 내
연주의 그물망에 사로잡을 수 있었는가, 완급을 조절하며 청중
을 밀었다 당겼다 할 수 있었는가, 일상에 빠진 청중을 음악으
로 물들일 수 있었는가.

그러나 아무도 입을 열지 않았다.

한 학기 한 학기를 정말 겨우 견뎌냈다고밖에 달리 표현할
말이 없었다. 마스터클래스실로 불리는 103호에 처음 발을 들
여놓는 순간 피아노를 둘러싼 채 부채꼴 모양으로 가지런히
놓인 빈 책걸상 하나 하나에도 압도당했던 신입생 시절의 기
억을 미리는 다시금 떠올렸다. 방음장치된 사방의 벽을 둘러보
며 숨어들듯 자리를 찾아 앉던 그때에도 이 구석자리는 똑같
이 친절했다. 첫 학기 첫 실습 날 너무 들떠 얼이 나갈 만도 했
다. 어떻게 졸업을 앞둔 마지막 학기까지 버틸 수 있었는지.

"음악에서 요구되는 통일성의 의미를… 서로 다르게 이해할
수도 있지 않나요?"

다행이다,라는 안도의 숨소리가 여기저기서 조심스럽게 터
져나오는 걸 미리는 느꼈다. 미리도 그제야 앞을 제대로 바라
보았다. 늘 마주칠 때마다 머리 좀 어떻게 하지,라는 말을 목구

멍까지 올라오게 하는 일명 긴머리였다. 피아노 오른편 바로 옆에 앉던 긴머리가 오늘은 피아노 왼편 자리에 앉아 있다가 고맙게도 첫마디를 뗐다. 처음이 어렵지 누군가 시작하면 강의는 거침없이 진행되곤 했다.

"곡의 통일성이라? 좀더 구체적으로 질문을 풀어준다면요?"

부단장이 긴머리를 바라보며 물었다.

"제 말은요, 곡을 산만하게 써보자 맘먹었다면, 그래서 그 생각을 끝까지 밀고간 거라면 산만하다는 통일성이 있다, 그런 말이거든요."

아직까지는 메이나 베토벤 중 누구를 두둔하는지 모를 발언이었다.

"그것도 통일성이라고 볼 수 있겠네요."

부단장이 거들었다.

"그렇다면 베토벤 곡이 산만한 게 문제가 아니라 연주자가 작곡가에 대해 처음부터 지나친 편견을 가지고 연주했다는 느낌이 드는데요."

오른쪽에 앉아 있던 인내가 왼쪽을 향해 살짝 어깨를 트는 게 보였다. 미리는 벌써부터 인내에게 집중하기 시작했다. 짧은 머리를 하나로 단정히 묶은 견습생이자 빛나는 재능에 진지한 노력을 마다않는 어린 친구였다. 미리는 인내의 귀에서 눈을 뗄 수가 없었다. 단순한 음계는 물론 어울려야 할 소리끼리는 만나게 하고 헤어져야 할 소리끼리는 떨어뜨려놓는, 소리의 조직을 예상하고 질서를 부여하는 부지런한 귀였다. 결코 다치면 안 되는 작은 귀이자 아무도 훔쳐갈 수 없는 음악가의 귀, 타고난 피아니스트의 귀였다. 소녀로도 때론 소년으로도 보이는 성장기 청소년이지만 무뚝뚝한 청년의 인상을 풍기는 짙은 눈썹과 그 눈썹 밑의 작고 가는 눈은 인내만의 비밀이었다. 쑥스러우면 눈을 비비며 웃는, 아직은 볼이 통통한 어린애 같지만 인내는 세상의 꽤 깊은 곳까지 들여다볼 줄 아는 진정한 천재였다. 나이 차이가 많게는 이십년도 넘게 나는 음악도들과 공부하면서도 과연 돋보이는 인내가 천천히 입을 열었다.

"사실, 슬픔이라는 감정은 솟구쳤다 가라앉았다 하면서 억누를 수 없을 만큼 폭이 넓은 감정이니까요, 제목과 연관지어 생각하면 일단, 베토벤의 의도가 비상식적이었다거나 산만했다고 보이진 않는데요."

연주를 시작하기 전에, 2악장을 제외한 악장은 그때그때 생각날 때마다 조금씩 메모해놓은 자투리를 모아 짜깁기 편집방식으로 작곡된 곡이 분명하다고 메이는 감히 「비창」을 혹평했다. 확신에 차서 발표하는 메이를 보며 미리는 경탄을 금치 못했다. 베토벤마저 오늘은 너의 밥이 되었구나.

메이의 발표에 대한 인내의 의견이 이어졌다.

"그런데 3악장의 마지막 파트 연주는 어느 누구보다 독창적이었다 생각합니다. 이제껏 모든 연주자들, 제가 들어본 전문

연주자들의 레코딩조차 제 느낌에는 급하게 혹은 방정맞을 정도로 꽁무니를 빼듯 연주했는데, 파도가 해변가로 밀려오며 잔잔해지다 어느 경우엔 있는 힘 다해 한번 더 뒤집어지듯 사나워졌다 사그라지듯이, 그러니까 내 말은, 완전 자연스럽게, 그렇게 자연스러운 만큼만 산만하게, 급하지 않은 속도로 곡을 마무리한 점은 탁월했습니다."

"저도 미묘한 속도의 문제를 생각해보았는데요, 오늘 들은 연주의 마지막이 어느 누구의 연주보다 세련된 뒷맛으로 사라진 건 확실합니다."

늘 양복을 입고 다니는 성악전공자 재킷맨이었다. 재킷맨은 굳이 다른 과의 상관도 없는 과목을 열심히 청강했다. 재킷맨의 말이 끝나자마자 피아노 앞의 메이가 장난스럽게 일어나 꾸벅 인사를 했다. 모두 가볍게 웃었다.

"방금 전 내 질문에 살을 보태자면, 발표하신 대로 이 곡이 짜깁기 방식으로 작곡된 곡이라기엔 정교하기 이를 데 없거든요, 연주자의 결정적인 오판은 아니었는지요?"

긴머리의 강해진 질문에 부단장을 비롯한 모두의 눈길이 다시 피아노 앞의 메이에게로 향했다. 메이는 피아노의자를 정면을 향해 똑바로 돌리면서 일단 시간을 버는 듯했다. 메이는 앞을 보고 앉아서도 5초 정도 입을 다문 채 가만있었다. 그 사이에 부단장도 맨 앞 빈자리에 어느새 다시 앉았다.

"제 말은, 발표내용과는 다르게 연주는 정말 멋졌거든요. 다른 사람이 그렇게 쳤으면 장난하나 했을 텐데 아차 하는 순간 그냥 설득당했거든요. 무슨 설명을 더 해줘야 되는 거 아닌가요?"

긴머리도 메이의 연주에 아직 정신을 못 차린 게 분명했다.

"일단은, 연주자의 빛나는 기량이 한몫 했을 테구요,"

메이의 거침없는 발언이 끝나자마자 강의실은 한동안 웃음과 환호로 시끌시끌했다. 메이는 박수와 환호가 사라지길 기다렸다 천천히 말을 이었다.

"제가 볼 때는 곡 자체의 얼개가 탄탄하지 못하다 생각했기 때문에 부분 부분의 리듬이나 장식음, 뚜렷한 멜로디 라인을 더 명쾌하게 살린 건데, 그 점이 청중들에겐 뜻밖의 감상의 기쁨을 선사한 듯합니다. 그리고 악보에도 없는 포즈를 두 군데 두어 곡의 호기심을 계속 유발하고 호흡을 끊었다 이었다 하며, 어찌 보면 악보보다 더 무질서하게 연주한 게 나름 먹혔다고 생각합니다."

다시 한번 박수는 이어졌다.

"정말 본인 맘대로 치던데요?"

"네, 전부터 저는 「비창」은 이렇게 연주되어야 한다고 생각해왔습니다."

"다른 선생님들 앞에서 이렇게 연주하면 어찌 될지 알고 계시죠?"

"그땐 다시 하향평준화로 가야죠. 오늘 드디어 내 맘대로 연주해봤으니 암튼 여한은 없습니다."

긴머리와 메이가 대화를 주고받는 동안 강의실의 밀도는 더욱 촘촘해졌다. 질문공세를 펴던 긴머리까지 웃음에 합세할 만큼 메이의 연주는 인상깊었다. 메이의 기량은 피아노 앞에서만 아니라 답변할 때도 빛났다. 오죽하면 발표자가 한 시간에 기본은 두 명이고 많으면 세 명까지도 있는데 메이 차례인 오늘은 아무도 없을까. 알아서 순서를 미루거나 앞당겼기 때문인데, 스스로의 정신건강을 위해서도 피하는 게 상책이었다. 누군들 에이스와 비교당하고 싶을까.

"저는 1악장 처음이 가장 강렬했다 생각하는데요, 첫 코드 씨마이너를 꽝 누를 때 벌써 게임 끝났구나, 하는 맘이었어요. 근데 긴장과 여운이 채 사라지기 전에 뭔가 더 가학적으로 연주가 변해가는 거예요. 와우, 이 정도면 뭐 할 말 더 있어요? 강의를 그냥 끝내고 싶은 맘이었습니다."

부단장이 마치 학생처럼 흥분해서 말문을 열었다.

"대중적으로 알려진 다소 가벼운 곡을 대중의 기호에 맞되 고급스럽게 연주한 점이 신선했고, 베토벤의 이 곡이 이렇게 현대적이었구나 하는 걸 오늘 새삼 다시 깨달을 정도였습니다. 식상하게 보았던 레퍼토리에서 현대적이고도 새로운 매력을 발견해낸 것도 연주자의 탁월한 능력이었구요. 쉽게 연주한 것 같은데 듣는 사람은 충격적일 정도로 신선하게 느꼈으니 당연 좋은 연주였어요. 베토벤이 짜깁기를 했는지 어쨌는지는 모르지만 교과서적인 형식을 완벽히 지킨 걸로 봐서 천재는 짜깁기를 해도 명작을 남긴다 확신해도 되겠어요. 그러니까 명작을 남길 자신이 있는 사람만 짜깁기를 해야 한다는 역설이 성립하지요. 천재가 아닌 우리는 더 비참해지네요. 참, 2악장은 어땠나요?"

부단장의 말이 끝나자마자 여기저기서 아름다웠어요, 완벽했어요 등등 산발적인 대답이 흘러나왔다. 미리가 생각하기에도 2악장의 여운은 단연코 압권이었다. 2악장은 청중을 너무 깊이 빨아들였다는 게 흠이라면 흠일 만큼 아름다운 연주였다. 공기의 틈을 미세하게 파헤치며 학생들은 웅성거렸다. 아아 완전 대박, 레전드, 낮은 탄성이 군데군데서 터져나오기도 했다.

조를 중간에 바꿔볼까. 미리의 머리 한편에서는 작곡실습 과제가 떠나지 않았다. 하지만 전조까지는 아직 자신없었다. 전조가 상승과 확장의 의미를 모두 획득하기 위해선 곡 전체의 안정감이 우선이었다. 잘못 시도하면 곡이 더 산만해질 위험이 있었다. 그러면 작곡실습 담당인 한교수는 분명 상관도 없는 말을 되풀이하며 또 속을 뒤집어놓을 것이다.

'졸업은 시켜준다니까, 미란. 그 정도 실력이면 고향 읍내 가서 피아노학원 차릴 실력은 되잖아. 거기 온천이 그렇게 유명하다며, 과제는 다음 주까지 수정해서 제출하고……'

"군더더기가 하나도 없었죠."

부단장의 발언에 모두 동의를 한다는 듯 잠시 술렁거렸다.

부단장이 말을 이었다.

"2악장은 멜로디의 흐름이 워낙 단순해서 모두 쉽게 연주할 수 있다 생각하지만 사실 정반대죠. 이렇게 감성적이고 섬세한 곡, 어디서 들어본 듯해서 쉽게 따라 부를 수 있는 옛 노래 같은 곡을 감정을 절제하며 연주한 점이 정말 인상 깊었어요. 맘껏 멋을 내서 연주할 수 있는 실력이 연주자에게 충분히 있음에도 작곡자가 의도한 것보다 더욱 사려 깊게, 20대 학생이 연주했다기보다 연주 경험이 많은 연륜 있는 노년의 연주자가 한 고개 한 고개를 겨우 넘어가듯 진중하게 펼친 연주가 감동이었어요."

미리는 부단장의 겸손함에 먼저 탄복했다. 로드센합창단의 그 유명한 부단장이었다. 로드센의 설립자가 그의 외할머니였다. 음악가 집안의 철없는 도련님 같은 인상에다 지금껏 살롱에서만 살았을 것 같은 비현실적인 세련됨이야말로 부단장의 이미지였다. 부단장은 학생들에게 애정 없는 충고 따위는 결코 남발하지 않았다. 학생들을 시험하거나 조종하거나 깎아내리지도 않았다. 또한 학생들에게 도를 넘어 다가가지도 않았다. 그는 음악과 예술학교인 로드센, 그리고 로드센의 학생들을 누구보다 사랑하는 지도자였다. 로드센 안에서 부단장은 만인의 연인이자 스타였다.

'미란, 너한테는 특별대우 해주는 거야. 다른 애들은 말을 해도 못 알아먹어. 이만큼 설명하고 타일러준 경우는 없었다니까. 그리고 지방에서 좀 한다고 올라온 애들, 그런 소박한 재능으로 얼마나 성공할 수 있는지는 내가 알고 세상이 다 알아.'

한교수는 과제를 퇴짜 놓을 때마다 확신한다는 투로 말했다. 누군가 녹음기를 틀어놓은 것처럼 치명적인 독설은 미리의 마음에서 끝없이 재생되고 있었다.

"연주자는 어떤가요? 2악장에 대해 보충할 말 없어요?"

어깨를 돌리고 허리를 틀며 긴장을 풀던 메이가 부단장 질문에 입을 열었다.

"베토벤도 자존심이 있지 모든 악장을 짜깁기로 만들진 않았겠죠. 저도 개인적으로 2악장을 좋아하는데, 2악장은 정말 순수하고 아름답습니다. 여러 이야기를 하지 않고 가장 중요한 한 이야기를 되풀이하며 변주하는 곡이죠. 복잡하지 않고 돌려 말하지 않는 정직한 곡이라고 생각합니다. 저도 그런 맘으로 연주했구요."

"2악장 연주에서 본인은 어느 부분에 가장 공을 많이 들였는지요?"

이화백이 질문했다. 이화백 가방엔 늘 자신이 직접 그린 단편만화집 복사본이 들어 있었는데 만화는 제법 재미있고 그림도 특색이 있었다. 모두들 이화백이라 부르는데 메이만 유독 만화쟁이라고 불렀다. 이화백에게 점심을 사면 이화백은 자신이 개발한 캐릭터의 남녀 누드컷을 세트로 선물하곤 했다. 더센 걸 원하는 사람에겐 원하는 만큼 센 걸 선사하기도 했다. 삼

삼오오 휴게실에 모여 차를 마실 때 이화백이 그린 캐릭터를 색연필로 칠하며 긴장을 푸는 경우도 많았다. 그럴 때의 이화백은 세상 모든 것을 얻은 얼굴이었다. 미리도 이화백의 만화를 좋아했다. 누드건 코믹스건 이화백 작품엔 품격이 있었다. 만화를 그릴 시간에 연습을 더 하라는 말을 제일 싫어하는 이화백은 분명 음악보다 만화를 더 사랑했다. 미리 눈에는 어쩐지 그러한 모습이 이화백에게는 잘 어울려 보였다.

"아홉살 때 이 곡을 악보대로 처음 뚜들길 때는 시시한 곡이라고 생각했는데 자라면서 다시 연주할 때마다 내가 어딘가 끊어지게 치는 것을 알았어요. 근데도 주변에서는 다 잘 친다고 해줬어요. 어린애가 띵땡띵땡 악보대로 틀리지 않고 막 쳐댔으니 신기했겠죠. 그래도 어른들이 어린애한테 그러면 안 되죠. 제대로 가르쳤어야죠. 근데 다행스럽게도 어느날 귀가 틔었는지 물 흐르는 소리가 문득 생각나는 거예요. 이렇게 물리적으로 나눠진 각진 건반을 두드리며 대가들이 내는 소리는 정말 음이 흘러내리든가 아니면 타고 넘어가는 것처럼 들리잖아요. 그 음들이 어린 내 마음에 부드럽게 스며드는 거예요. 저거다, 했죠. 그렇게 흉내내며 어려서부터 연습하다보니 결과가 나쁘지는 않은 듯합니다."

강의시간이 아니라 가히 기자회견장이었다. 성공적으로 연주회를 마친 연주자에게 음악담당 기자들이 몰려든 듯한 분위기였다.

"진짜 베토벤이 자투리를 모아 이 곡을 만들었다 확신하세요?"

다시 긴머리였다.

"네."

"그렇게 단순하게 단정지으면 맘이 불편하지 않으세요?"

"아니면 아니고 기면 긴데, 내가 느낀 대로 말하는 것이니 불편할 건 없죠."

"늘 좀, 뭐랄까, 평상시에도 보면 음악을 장난하며 대하는 거 같아서요."

긴머리의 목소리가 살짝 떨리기 시작했다. 두 사람의 아슬아슬한 분위기를 감지한 듯 학생들은 서로를 바라보며 낮게 웅성거렸다.

"베토벤은 음악가지 신이 아니잖아요."

"베토벤은 완벽하죠."

"완벽한 음악가란 없어요."

"악성樂聖이란 말 모르세요?"

"그건 어쨌든 사람들이 분류하기 위해 갖다붙인 말이죠."

부단장이 다시 일어섰다. 강의실 안의 학생들은 누구를 향해 어떤 야유나 지지도 보내지 않았지만 어쩐지 분위기는 메이 쪽으로 기우는 듯했다.

"모든 가정과 의문, 의혹을 가슴에 품은 채 강의에 임해주길 바란다고 학기 초부터 당부했었죠. 당장 답을 얻을 수 없는 혼란도 에너지의 큰 원천입니다. 버리지 마세요. 누구에게든 마찬가지지만 음악가에게 낭비할 에너지란 없죠. 그래야 맷집이 좋아진다니까요."

부단장이 늘 주문처럼 반복하는 말이었다. 상대방의 부족함을 존중하는 부단장의 방식이기도 했다. 부단장은 늘 음악에 대해 물었다. 음악에 대해 조기교육은 고사하고 제대로 사사받은 선생님 한 분 없이 혼자 음악을 들으며 연습한 미리에게도 부단장은 선입견 없이 늘 질문했다. 무슨 곡부터 연습할까요, 어 쇼팽이요, 쇼팽 좋아하세요, 네, 쇼팽의 어떤 면이 좋으세요, 음 쇼팽의 곡은 어떤 때는 초라하게 들리기도 하고…, 그렇게 생각하세요?, 네 어떤 때는 외롭기도 하고…, 그 말은 슬프단 뜻인가요?, 글쎄요 잊고 싶은 걸 자꾸 기억나게도 하고, 후회 같은 것이요?, 뭐랄까 사람들이 안 중요하게 여기는 것 또 그리움 같은 것, 먼 미래 같은 것이요…… 그때 그 강의실에서 미리는 순진한 견습생의 얼굴로 욕심 없이, 상처 없이 웃었다. 부단장은 잔뜩 긴장한 채 가방끈을 뱅글뱅글 돌리기만 하던 촌뜨기 신입생을 애정 어린 눈으로 바라보며 대답했다.

캬, 쇼팽, 좋죠. 쇼팽 한번 까부셔봅시다.

"제 생각엔, 베토벤을 존경하는 마음에는 두 가지 방식이 있을 듯한데요,"

역시 앳된 인내의 목소리가 균형감 있게 강의실 안을 채우기 시작했다.

"베토벤은 넘을 수 없는 산이니까 애초에 그에게 굴복하든 가 아님 어차피 넘을 수도 없는 산인데 한번 들이대나보자, 이렇게 생각할 수 있을 것 같아요. 베토벤이 무덤에서 튀어나와 너는 옳고 너는 그르다 말할 수는 없으니까 우리는 우리 생각에 더 집중해도 된다 생각해요. 맞았다 틀렸다가 중요한 게 아니니까요. 강의실 밖으로 한 발짝만 나가도 편하게 말하거나 연주할 수 없는 상황이잖아요. 내 맘대로 해석해보고 연주해보는 게 배우는 우리로서는 나쁘지 않다 생각해요."

"계급장 떼고 음악하자는 뜻인가요?"

부단장이 인내에게 물었다.

"네, 그러니까 초장부터 너무 기죽을 필요는 없다는 거죠."

인내가 대답했다.

"그렇죠, 배짱이죠. 그리고 여러분 귀에 못이 박힌 말이지만, 결국엔 상상력이죠."

부단장이 말을 받았다.

"악보는 기호에 불과할 수도 있잖아요. 어떤 사람에겐 악보가 도형처럼 보이기도 하구요."

역시 말랑말랑한 표준말씨였다. 미리는 집중하기 위해 침도 조심스럽게 삼켰다.

"예를 들어서, 점점크게와 점점작게, 점점느리게 등은 유치원생도 무슨 뜻인지 알고 기호도 알아보고 그렇게 치잖아요."

부단장이 피아노 곁으로 다가가자 알아서 메이는 자리로 들어가 앉았다.

"한없는 상상력이죠."

점점크게에도 상상력이 필요한가, 미리는 노트에 끼적거렸다.

"그건 연주자의 호흡과 맥박, 습관과 기호, 강점과 약점을 다 버무려 전인격을 반영해야 표현 가능한 거죠. 여러분도 알다시피 구도자나 현자의 내공이 아니고선 결코 소리로 만들어낼 수 없는 것이죠. 우선 점점 커져야 할 이유를 곡 전체를 장악한 여러분이 머리로 깨닫고 가슴으로 인정해야 가능하겠죠. 그런데 이 흐름에 어울리지 않는 선택이라 판단했다면 누가 뭐래도 결코 안 커지는 겁니다. 그게 사람의 심장이에요. 기계적으로 크게 들리게 할 수는 있어요. 우리에겐 기술도 있으니까. 하지만 상상력입니다. 베토벤은 히스테리컬한 노총각이었다잖아요. 나도 노총각이지만 베토벤도 참 안됐어요. 남겨진 그의 초상화를 여러분도 봐서 알죠. 외롭게 살 팔자라고 얼굴에 씌어 있어요. 잘생기고 못생기고를 떠나 누가 그렇게 생긴 사람이랑 같이 살고 싶겠어요. 외롭잖아요, 근데 젠장 또 천재잖아요. 음악밖에 파고들 게 더 있겠어요. 상상력이에요. 여러분의 판단과 선택에 마지막 방점을 찍게끔 도와주는 건 한 가닥의 상상력이에요. 나머진 미친 연습량이 해결하겠죠. 점점크게는 무한한 의미로 확장될 수 있는 상상력의 추동엔진일 수도 있지만 단지 기계적인 기호일 수도 있는 거예요. 그걸 살리는 사람이 훌륭한 연주자겠죠. 상상력으로 무장하지 않으면 연주는 불가능하다 생각해요. 상상력이야말로 모두의 스승이에요."

"완벽한 음악가란 정말 없나요?"

이번에도 역시 긴머리였다. 그가 오늘 유독 질문의 날을 세우는 까닭은 아무래도 지난 시간에 당한 상처의 보복처럼 보였다. 그날 드뷔시 곡을 연주한 긴머리를 향해 메이가 던진 첫 질문부터 사실 공격적이었다. 너의 연주는 음악과 관계가 멀게 느껴지는데 어떻게 생각하느냐고, 메이는 가차없이 물었다. 음악과 관계가 멀게 느껴진다고? 음악 아닌 모든 길은 죄다 낭떠러지라며 만성 좌절질환을 앓는 이에게 너의 연주는 음악과 관계가 멀게 느껴진다고.

긴머리는 어디에서나 틈만 나면 악보를 베꼈다. 소품도 아닌 관현악 총보를 지겨운 줄 모르고 일일이 베끼는 게 긴머리의 취미이자 특기였다. 처음엔 네다섯 악기로 편성된 앙상블 곡 악보를 베끼는 듯하더니 이제는 대편성 곡을 일부러 골라 총보를 지겹도록 따라 그렸다. 그런 긴머리를 두고 튄다, 시간 낭비한다, 미쳤다, 말들이 많았다. 시간이 얼마 걸리건, 도움이 되건 말건, 남들이 말을 지어내건 말건 긴머리는 신경쓰지 않는 듯했다. 미리의 눈에는 긴머리의 맹목적인 열정이 때론 부럽기도 했지만 때론 징그럽기도 했다. 긴머리는 누군가와 점심 한 번을 같이 먹는 법이 없었고, 함께 호흡을 맞춰야 하는 앙상블 실습 때는 늘 말도 안 되는 이유로 연습실에 나타나지 않았다.

"완벽한 사람이 없는 것과 똑같아요. 음악가가 신이 될 수도 없지만 될 필요도 없지요."

여사님이 여사님답게 말문을 열었다. 두 돌 된 쌍둥이 딸들을 어린이집에 맡기고 24시간을 초 단위로 나눠 쓰며 연습하는 삼십대 주부였다.

"나는 어떤 찰나의 감동을 표현하는 말로 '완벽하다' 말할 수는 있다 생각해요."

이화백이 가세했다.

"근데, 완벽을 지향하는 것 자체가 이미 음악이 딴 길로 들어섰다는 뜻 아닌가요?"

메이의 반격에 긴머리가 움찔하는 듯했다. 완벽주의자라 생각했던 메이의 입에서 나온 말이라 미리로서도 헷갈렸다. 여기저기서 의견이 쏟아지기 시작했다. 부단장은 자리로 다시 슬며시 들어가 앉으며 말했다.

"그렇게 따지면 음악이 추구하는 게 무엇인지부터 물어야 되겠죠. 음악은 완벽을 추구하는 어떤 것인지, 아닌지."

"기술로는 완벽할 수도 있겠지만, 청중은 기술에 감동받지 않아요. 감동 주는 기술로 치자면 생명을 살리는 의술이 단연 최고겠죠. 하지만 음악은 의술과는 다르기 때문에 사람들은 음악에서 다른 방식의 치료와 위로를 원한다고 생각해요."

재킷맨이 성악과 특유의 발성톤으로 말했다.

"오늘의 「비창」이 우리에게 감동을 준 이유를 다시 생각해볼 필요가 있지 않나 싶어요. 내 경우를 보자면 완벽하기 때문에 감동받았다기보다는 거칠지만 아름다웠기 때문에 감동을 받았는데, 연주 속에 베토벤을 향한 애정과 연주자의 열정이 함께 녹아들어 베토벤과 연주자의 목소리가 다중으로 들리는 것만 같았어요. 그런 충격적인 순간이 감동이었어요. 도전정신이랄까, 누구도 가지 않은 길을 찾아낸 탐험정신이랄까. 그건 완벽하다는 말로는 다 설명되지 않는 깊이였다 생각해요. 사실 「비창」은 대중적이다 못해 식상하다고까지 나 개인적으로는 생각했는데 저의 착각이었어요."

인내가 확신에 차서 말했다.

"소리를 낼 때도요 권력자나 몽상가가 아닌 정신을 다스리는 사람이 되어 소리를 내라고 해요. 그러기 위해선 꿈을 가진 사람만이 소리를 듣고 새로운 소리를 낸다고 우리 과 선생님들은 강조해요. 소리는 곧 정신이라는 거죠. 세상이 말하는 완벽이라는 신기루는 정신을 흐리게 한다 이거죠. 그럼 좋은 소리가 나오려다가도 들어간다는 거죠."

재킷맨의 말이 끝나자마자 여사님이 말을 받았다.

"그 '딴 길'이란 말 말이에요, 완벽을 향해 가는 길이 딴 길이라 말할 수는 없지만 그것이, 그러니까 예를 들어 단순히 1등을 가리키는 말이라면 그 길에서 돌아서야죠. 우리가 사는 환경에선 콩쿠르에서 1등을 해야 살아남아요. 그건 정말 뼈저린 현실이잖아요. 근데 만약 메이가 콩쿠르 나가서 「비창」을 오늘처럼 연주했다면 1등 할 수는 없었을 듯해요. 하지만 판에 박힌 1등이 아니기 때문에 우리는 지금 흥분하며 배우는 게 더 많거든요. 완벽은 곧 1등이다, 이런 고정관념은 위험하다 생각해요."

"저도 공감하는 부분인데, 완벽이란 말은 음악을 어떤 한 틀에 넣고 규정지으려는 뜻으로 들릴 때가 많아요. 그런데 오늘 「비창」을 예를 들어, 그 연주자의 판단과 해석이 연주에 녹아들어 하나가 되니까 좋은 연주로 즐거움을 주었던 것처럼 또 다른 이가 다른 판단과 색다른 해석으로 똑같은 곡을 또 새롭게 연주하면 그 연주도 좋은 연주일 거라 생각해요. 완벽이란 어떤 하나의 틀과 형식에 매인 개념이 아니라 상대적인 개념이고, 천편일률적으로 어디에나 갖다대도 다 통하는 잣대는 아니라는 거죠."

알바귀신의 한마디였다. 알바귀신은 집안 형편상 아르바이트 없이는 학교를 다닐 수 없다고 푸념을 하며 학기 내내 어린 아이들에게 바이엘이나 체르니를 가르치고 다녔다.

"맞아요, 사실 맛있다고 소문난 식당 음식도 내 입에는 맛없는 경우가 있잖아요. 마찬가지로 세계적인 연주자의 명연주를 들어도 내 귀에는 별로인 경우들이 종종 있어요. 남들은 완벽하다는데 내가 듣기엔 모자라고 부자연스럽다 느꼈다면 나는 그게 제대로 된 감상이었다 생각해요. 큰 의견에 늘 묻어갈 필요는 없어요. 뭔가 나는 다르게 들었고 그걸 표현해도 무식하다 욕먹지 않는 분위기가 조성되어야 한다고 생각해요. 그렇지 않으면 예술도 교조주의로 흘러가는 거죠."

메이가 말하면서 박수를 크게 쳐서 모두들 또 웃었다.

"이렇게 얘기해볼 수도 있을 것 같아요. 어느 한 개인이 절대적으로 존경하는, 자기가 보기에 완벽하다 칭할 만한 음악가가 존재할 수 있어요. 하지만 개인의 존경심을 다른 이에게 강요할 순 없는 거죠. 다른 사람은 바흐를 완벽한 음악가라 여겨 존경할 수 있고, 또다른 이는 슈베르트나 베토벤 아니면 조지 거슈윈, 아니면 나처럼 하이페츠 같은 연주자를 존경할 수도 있어요. 그러니까 완벽하다는 말이 1등에 매인 개념이 아니라는 우리 여사님 말에 격하게 공감하는 바입니다."

알바귀신이 덧붙였다.

"완벽하다는 정의가 하나로 통일될 수는 없을 테지만, 음악에서, 특히 어느 누구의 연주에서 완벽하다 할 수 있으려면 남을 흉내내지 않고 자신의 결을 포장 없이 드러내는 게 우선이라 생각해요. 나를 드러내는 정직한 연주는 평생을 두고 노력해도 될까 말까 한 일이잖아요."

여사님이 말을 마치는 순간, 기다렸다는 듯 생각을 쏟아놓는 젊은 음악도들 틈에서 미리는 터질 것 같은 심장을 누군가에게 들킬 것만 같아 조마조마하게 두 손을 맞잡았다. 감동에 압도된 공간을 둘러보았다. 그 공간 안의 동기들을 경외에 찬 눈으로 바라보았다. 하루 종일 그들의 모든 것을 장악하는 음악이라는 것, 밤을 새워도 다 쏟아낼 수 없는 음악을 향한 의문과 확신과 열정과 소망은 그들의 젊음을 더욱 찬란하게 했다. 누가 시킨 것도 아닌데, 스스로 멈출 수 없는 그 무엇을 향해, 내가 이해할 수 없을 만큼 노력하면서도 다음 날이면 또 좌절하는데, 왜 로드센의 학생들은 그 황홀한 좌절을 끌어안고 내버리지 못할까. 너나 할 것 없이 질주하는 세상 사람들 눈에는 모두가 천재도 아니고 모두가 전문연주자가 되지도 못할 음악도들이 얼마나 비생산적이고 비효율적인 삶을 사는 멍청이로 보일까.

몇몇 학생이 자꾸 뒷문을 열고 들여다보는 상황으로 보아 시간이 많이 흐른 듯했다.

"선생님이 방금 말씀하신 모두의 스승인 상상력이란 것도, 나의 내면과 곡의 내면 두 영역을 모두 장악해야 가능한 경지 같아요. 집중하지 않으면 불가능해요. 그러니까 나에게 집중해야 점점크게를 내가 집중한 만큼 나타낼 수 있다고 봐요. 순서를 굳이 따지자면 상상력보다 나에게 집중하는 게 먼저란 소리죠. 이 말은 나를 포장 없이 드러내야 한다는 의견과도 동일해요. 그랬을 때 곡의 내면으로 파고들 수 있다고 봐요. 그러면 정직하고 훌륭한 연주가 가능하다 생각해요. 이런 음악가에겐 완벽하다는 평이 맞아요."

십대가 아닌 거장의 안목으로 부단장의 의견에 자신의 생각을 첨부하는 인내를 미리는 놓치지 않았다. 미리는 인내의 말에 온몸으로 동의했다. 자신의 맨얼굴을 보여주지 않으면서 기술을 습득하듯 음악을 한다 말하는 것은 가면을 쓰고 연주를 하는 것과 다름없었다. 그저 경쟁을 해서 상대방을 깔아뭉개겠다는 심보와 뭐가 다를까. 음악은 보이지 않는 것은 드러내고 보이는 것은 가리며 끝까지 흐를 뿐이었다. 음악 때문에 가난할 수도 부자일 수도, 부끄러울 수도 자랑스러울 수도, 슬플 수도 기쁠 수도, 아플 수도 건강할 수도, 무서울 수도 용감할 수도 있다는 걸 알았다면 기회 같은 건 기다리지도 않았을 것이다. 아니 기회 같은 것에 속지 않았을 것이다. 음악은 기회와는 아무 상관도 없었다. 기회를 붙잡았다고 생각한 순간 반대로 기회에 붙잡혀버린 스스로를 책망하며 미리는 배경을, 학점을, 경쟁을, 관계를, 심지어는 음악을 경계했다. 욕심 때문이었다. 어리석음 때문이었다. 누구나 정상에 오르고자 하지만 거기에 발을 들여놓는 순간 떠나고 싶어 위장병과 우울증을 얻고 마는 거기에는 정작 음악이 없을 게 뻔했다. 떠나지 못하도록 가로막는 또다른 기회의 유령들만이 여기저기에 존재할 게 뻔했다. 그러니까 문제는 한교수에게만 있었던 게 아니다. 한때는 한교수가 작곡한 아름다운 가곡을 밤마다 들었던 날들이 혐오스러웠다. 소프라노 가수 뺨치는 멋진 목소리로 학교 내에서나마 적잖은 팬을 몰고 다녔다는 한교수의 신화가 이제 미리에게는 정신 나간 헛소리로만 들렸다. 왜냐하면 한교수는 허수아비로 전락하고 말았으니까. 몸에도 마음에도 영혼에도 기름이 너무 많이 껴버렸다. 그러나 그것은 한교수만의 탓이 아니었다. 그러한 추잡한 성공을 향해 음악을 도구삼아 달려가고자 작정한 영악한 학생들의 동조와 지지가 없었다면 한교수는 그 자리를 그렇게 오래 지킬 수 없었다. 엄밀히 말하자면 미리도 한교수의 눈에 들고 싶었다. 예술가라기보다는 전사처럼 이 자리까지 달려와 로드센에서는 최초로 종신 여교수가 된 한교수가 한없이 존경스러울 뿐이었다. 그러나 출발선이 다른 사람들을 따라잡아 경쟁에서 승리한 여전사는 이미 음악과는 거리가 멀어진 술꾼이자 무능한 행정관료, 혹은 야비한 로비스트로 전락했다. 또한 미리,라는 제자의 이름을 졸업할 때까지 제대로 기억하지 못하고 매번 미란,이라고 불러대는 자격 미달의 스승이 되어버렸다. 그런데도 미리는 한교수처럼 성공하고 싶었다. '그 정도 실력이면 고향 읍내에서 피아노학원 차리기엔 아무 문제 없잖아,' 그리하여 먼 훗날 이토록 현실적이고도 타당한 말을 꼰대처럼 되뇌이며 어느 젊은 음악도에게 자신이 받은 상처를 되갚아주고 싶었다. 미리는 이제야말로 알아차렸다. 왜 그 말이 내게 상처였을까, 나는 사실은 아프지 않았던 게 아닐까. 내가 당한 것보다 더 무참하게 다른 누군가를 밟아버리겠다는 나의 분노가 내게는 더 독한 상처가 아니었을까. 그런 분노와 혐오는 얼마나 더 잔인하게 나를 분열시키고 예술을 왜곡시키고 타인의 가슴을 멍들게 할까.

"얘기를 듣다보니, 늘 선생님들이 말씀하시는 겉멋, 내지는 똥폼 이런 말들이 떠오르는데요, 음악가도 충분히 사기칠 수 있다는 생각이 들었어요. 남들이 모두 칭찬하는 음악가라 해도 말씀하신 것처럼 자신을 포장해서 정상까지 갈 수도 있을 듯해요. 음악에 대해선 암것도 모르는 자본가와 말만 번지르르한 평론가, 정신나간 음악교육자, 받아쓰기만 잘하는 음악담당 기자, 의식 없는 청중, 특히 엄마에게 끌려다니면서 음악교육을 받기 시작하는 어린아이들, 이런 아이들이 커서 가식과 탐욕으로 무장한 연주가가 된다면 정말 진짜인 척 흉내내며 못할 일이 없을 것 같아요. 알바 다니다보면 그런 엄마들과 아이들을 종종 보는데요, 정말 가관이에요. 허영심도 그런 허영심이 없는 듯해요. 암튼 제 말은, 완벽한 음악가 상에서 가장 멀리 떨어져 있는 상이 있다면 이런 경우가 아닌가 생각을 해봤어요."

알바귀신이 말을 마치자마자 그거 우리 엄마랑 내 얘기 같은데, 하는 이화백의 중얼거림이 들렸다. 미리는 그 순간 이화백의 긴 속눈썹이 자괴감으로 떨리는 걸 멀리서도 느꼈다. 강의실 안에는 백번 공감한다는 비밀스런 웃음이 은밀하게 퍼지기 시작했다.

"나는 단언하건대, 아까도 말했듯이 완벽한 음악가란 없다고 생각하거든요. 베토벤이 아무리 천재에다 악성에다 귀신같은 재능이 있다 해도 사람이 한 일에는 작은 흠이나 부족함이 꼭 남아 있다 생각해요. 그리고 그것은 허물도 아니라 생각해요. 왜냐하면 음악은 생명이기 때문이에요. 지금 우리가 여전히 그의 곡을 공부하고 연습하는 것은 그 생명을 지키고 키우고 보살피는 행위라 생각해요. 나의 집중력과 상상력으로 베토벤이 놓쳤던 것의 만분의 일, 아니 십만분의 일이라도 채운다면 베토벤도 살고 나도 사는 길이죠. 편하게 말하자면, 내가 베토벤을 손 좀 봐주는 거예요. 왜요? 이렇게 표현하면 또 불경죄인가요? 물론 거목에 달린 작은 나뭇잎의 미세한 각도 정도 바꾸는 거지만, 베토벤이 놓쳤던 디테일을 내가 살려놓으면 그 생명은 또 몇백년을 이어갈 거라 생각해요. 그러니 누구라도, 어떤 대가를 만나더라도, 어떤 힘든 곡을 만나더라도, 내가 손 좀 봐준다 하는 맘으로 받아들이고 연습하면 못 견디게 어려울 건 없지 않나 싶어요. 그렇다고 트집 잡을 거 없는 작품을 굳이 걸고넘어질 필욘 없지만 털어서 먼지 안 나는 작품도 없다고 생각하거든요."

판사가 판결을 내듯이 메이가 말했다.

"그런 오만함으로 오늘도 연주한 건가요?"

예외 없이 긴머리였다.

"하고 싶은 말일수록 차근차근 하기로 하죠."

부단장은 자리에 앉은 채 긴머리를 겨냥한 듯 한마디 했다.

"오늘 발표자이자 연주자에게 다른 의견을 말하는 건 대환영입니다. 하지만, 더 친절하게 합시다."

부단장의 말에 아랑곳하지 않고 긴머리는 여전히 공격적인 투로 다시 입을 열었다.

"손 좀 봐준다는 표현은, 음악과 관계가 멀게 느껴지는데요."

미리는 차마 메이나 긴머리를 바라보지 못하고 엉뚱하게도 인내를 바라보았다. 이럴 때는 나이는 어리지만 속 깊은 천재의 목소리가 간절히 그리웠다.

"과잉된 자의식이죠."

메이의 말이 끝나는 순간 미리는 긴머리의 옆모습을 보기 위해 상체를 살짝 들었다. 미리가 움직이자 미리의 책걸상에서 나는 찌그덕 소리가 조용한 실내에 눈치 없이 울려퍼졌다. 메이는 어떤 때는 지나치게 정확했고 무자비하게 날카로웠다. 동시에 긴머리의 감정상태는 삼백육십오일 늘 불안했다. 긴머리가 막 연습을 끝낸 연습실 바닥에는 늘 찢어진 악보가 널려 있었다. 작년 봄학기 동안엔 그 누구하고도 밥은 고사하고 말 한마디 섞지 않았다. 학교를 다니긴 했지만 좀비와도 다름없었다. 연습실에서건 도서관에서건 긴머리는 늘 혼자였고 늘 그림자였다. 학생들 사이에선 그가 실어증을 앓고 있다는 말마저 돌았다. 언젠가는 기온이 5월부터 삼십도를 웃돌던 학기에도 패딩 점퍼를 입고 마스크를 쓴 채 내내 다닌 적도 있었다. 그런 긴머리를 향해 메이는 말을 멈추지 않았다.

"앓는 소리는 누구에게나 지겹죠."

"독설도 마찬가지고요."

"드뷔시의 리듬은 부드럽고도 예기치 않게 빗나가는 의외성이 매력이거든요."

"그럼요, 음악에도 언어처럼 기본 약속이 있어요. 약속을 지키지 않는 연주는 장난이죠."

"차라리 실수를 하세요. 저 같은 경우 그러면 실력이 늘던데요."

"연습을 실전처럼, 실전을 연습처럼, 이 말 모르세요?"

"영화도 보고, 운동도 하고, 사람들하고도 어울리면 좀 나아질 겁니다."

"남을 가르치려드는 습관은 정말 고질이네요."

마침, 여사님의 목소리가 둘 사이의 팽팽한 긴장을 파고들었다.

"근데, 우린 다 시작하는 사람들 아닌가요. 왜 음악하고 상관도 없는 문제에 갑자기 흥분들 하는지 모르겠네요? 재미있던 수업에 갑자기 맥이 확 빠지네요."

"같잖은 권위는 허수아비 취급하세요. 우리는 학생인데 누군가의 비위를 맞추듯 연습하지는 맙시다."

메이의 목소리는 여전히 팽팽했다.

"예술가에겐 겸손이란 미덕이 필수죠."

"제발 여지를 좀 남기면서 겸손하세요."

"종합적으로 사고하기가 그렇게 어려우세요?"

"오늘 보니 말을 아주 잘하는데요, 그렇게 막말하듯이 연습하면 더 훌륭한 연주를 할 수 있으리라 생각합니다."

메이와 긴머리의 옥신각신을 누군가 마무리해줬으면 하는

맘으로 미리는 주위를 두리번거렸다.

"지금 서로 정 떼는 건가요?"

부단장의 부드러운 목소리였다. 미리는 어느 때보다도 그 목소리가 반가웠다. 실내에는 안도의 웃음이 흐르기 시작했다. 부단장은 계속 자리에 앉아 상체만 뒤튼 채 이야기를 이어갔다.

"이제 곧 졸업이니까 정을 떼는 게 서로 편하겠죠?"

다들 허전하게 웃었다.

"그럼 우린 헤어지는 건가요?"

재킷맨이 상투적이고 감상적인 투로 물었다. 허전한 웃음소리가 점점 커지기 시작했다.

"헤어질까요? 나야 풋풋한 신입생이 또 들어올 테니 밑지는 장사는 아니거든요."

미리는 마치 신입생 때처럼, 음악에 둘러싸여 자신과는 다른 나라에서 살았을 것만 같은 부단장님이자 첫 실기선생님을 향해 전적인 신뢰와 사랑을 담아 조용히 웃었다. 그리고 마스터 클래스실을 찬찬히 둘러보았다. 저들은 누구일까.

그들은 미리와 함께 로드센에 있었지만 단순히 로드센에 속한 학생이 아니었고 그렇다고 로드센 밖의 낯선 이들도 아니었다. 그들은 성공이나 명성으로 존재를 짓누르거나, 혹은 제도나 인맥으로 사람을 농락하는 법 없는 자유로운 곳에서 태어난 사람들일지도 몰랐다. 아니 탐욕의 세상에 태어났다 해도 처음의 자유로움을 꿈꾸며 자신을 지켜온 사람들일지 몰랐다.

앉으나 서나, 자나 깨나, 슬플 때나 기쁠 때나 그들에겐 음악뿐이었다. 환희와 환멸의 악순환을 두려워하지 않는 전사들이었다. 그들의 거칠면서도 섬세한 이중적인 자아는 곧잘 다툼을 일으켰다. 그러나 미리 눈에는 모두가 사랑스러웠다. 모두가 존경스러웠다. 그러니 로드센이나 다른 음악학교, 아니 음악과는 상관도 없는 어느 벌판이나 후미진 골목에서 그들을 만났더라도 그들은 눈에 띄고도 남을 사람들이었다. 젊은 예술가들의 주체할 수 없는 열정과 욕망, 젊은이들의 여물지 않은 자아, 편협한 시각, 당돌한 눈빛, 포용을 모르는 독설들, 이 모든 것이 뒤섞여 난무하는, 그래서 어떤 순간에는 신물나도록 혐오스럽던 로드센 담장 안의 모든 것들이 언젠가는 그리울 것이다. 가파른 캠퍼스도, 연습실 창가로 스며들던 비밀스런 햇살도, 종합관 휴게실 난장판 구석도, 그리고 지금 103호 마스터클래스실의 저 아늑한 무대 위도, 심지어 늘 모욕감을 안겨주었던 한 교수까지도 간절히 그리울 것이다. 치열한 싸움터이긴 해도 미리의 마음엔 유토피아에 가까운 곳, 공격적인 개성들이 최고의 속도를 내며 부딪히는, 그래서 상처를 주고 그 상처로 인해 성숙해나가는 로드센이란 싸움터가 하루 하루 그리울 것이다. 그곳에서 받은 상처와 분노뿐 아니라 상처와 분노를 극복하며 맛보았던 외로움과 오기가 그리울 것이다.

"보세요, 여러분. 나는 훌륭한 연주자가 아닙니다. 솔직히, 나는 이제 선생이자 행정가입니다."

로드센에 입학하면서부터 미리의 마음을 가득 채웠던 욕심들, 더 많이 더 빨리 배우고 싶었던 욕심은 엄밀히 말하면 그중의 가장 빛나는 한 사람 부단장을 만나면서 사라졌다. 부단장의 친절함이나 넉넉함 때문에, 아니면 세련된 옷매무새 때문에, 어쩌면 그 세련됨 속에 숨겨진 털털함과 소박함 때문에, 혹은 로드센 안에서 부단장이 획득한 권력과 명성, 실력 때문에, 아니, 결국엔 음악 때문에.

"한때 영재 소리를 듣긴 했지만, 나는 그런 그릇이 아니었죠. 사실 이 강의실 안에서 자라면서 영재 소리 한번 안 듣고 로드센에 온 사람 있어요? 내가 그릇이 안 된다는 사실을 받아들이기가 죽을 만큼 힘들었지만, 그렇게 이른 나이에 죽고 싶지는 않았습니다. 젠장, 그래서 음악은 개뿔, 하면서 이 판을 떠나고 싶었는데, 그렇게 안 되더라구요. 음악의 영역 안에서 전문연주가가 아닌 다른 길을 후회 없이 찾았습니다."

부단장의 눈빛은 어딘가 핑핑 도는 낭떠러지 저 아래를 바라보는 듯했다. 지금 이 강의실 안에서 부단장을 사랑하지 않는 사람은 단 한 명도 없었다. 미리는 확신할 수 있었다.

"그 길 위에서 여러분을 만난 거죠. 그리고 또 새로운 신입생을 만나겠죠. 보세요, 여러분, 나는 누구보다 음악을 사랑하잖아요. 음악 빼면 나한테 뭐가 남겠어요. 그런 내가 여러분을 지켜보며 여러분의 연주를 지도했는데, 우리한테 음악 빼면 뭐가 남겠어요. 이제 로드센을 졸업하면 모두가 서로의 갈 길로 가겠죠. 피아니스트로서의 꿈이 누구에겐 현실로, 누구에겐 백일몽으로 끝나겠지요. 이렇게 말하는 내가 참 잔인해 보이죠? 근데 완벽한 음악가에 대해 오고간 여러분들의 생각을 주욱 들으면서 나는 진짜 행복했어요. 여러분은 지금 뭔가를 알고 졸업하는 대단한 기수입니다. 우리에게 음악을 빼면 뭐가 남겠어요. 그죠? 그거 하나면 충분하지 않나요?"

순간 뒷문이 덜컥 열리며 성격 급한 학생 몇명이 쏟아지듯 들어왔지만 팽팽한 분위기를 감지하고는 얼른 문을 닫고 나갔다. 그 잠깐 사이, 핸드폰 벨소리, 누군가의 기침소리, 친구를 불러대는 격의없는 목소리 등이 103호 안으로 스며들었다. 극히 일상적인 소음이 아주 이질적으로 느껴질 만큼 103호 안의 공기는 특별했다. 복도에서 다음 시간을 기다리던 누군가의 장난 덕분에 지금껏 이어지던 흐름이 끊기면서 실내는 갑자기 조용해졌다. 떠돌던 소음이 사라지길 모두가 기다리는 듯했다.

"마무리할게요."

입을 잠시 다물고 있던 부단장이 여전히 앉은 채 천장을 보며 두 번 박수를 크게 쳤다.

"베토벤이 말예요, 남기고 싶었던 모든 걸 악보가 아닌 다른 곳에 숨겼을지도 몰라요. 악보는 가장 간결한 표지판일 수도 있어요. 다른 음악가들도 그랬을 가능성이 큽니다. 여러분도 아시겠지만 음악가들이 얼마나 괴팍해요? 또라이들이잖아요. 여러분들도 살짝 그렇잖아요."

"그럼 이제 어떡해요, 선생님."

여사님이 하소연하듯 말했다.

"걱정 마세요. 어차피 우리는 모두 음악을 짝사랑했잖아요. 지금도 하고 있잖아요. 짝사랑은 끝나질 않잖아요."

"그럼 베토벤은 음악을 어디에 숨겼을까요?"

메이가 그 긴 팔을 번쩍 들더니 질문했다.

"아니, 그걸 내가 알면 지금 여기 이러고 있겠어요?"

부단장이 발을 구르며 능치자마자 긴머리의 목소리가 실내를 울렸다.

"상상력에 숨겼겠죠."

"도인이 따로 없네요."

말을 마친 부단장이 드디어 일어섰다. 그는 의미심장한 걸음으로 뚜벅뚜벅 피아노 옆으로 걸어갔다. 누구나 피아노 곁으로 걸어갈 때면 똑같은 마음일 것이다. 고독의 순간을 향해 걸어가는 현실의 구도자 한 사람. 욕망도 좌절도 희열도 없는 지점으로 기꺼이 빨려 들어가는 냉정한 한 사람. 소리도 영상도 움직임도 먼지 한올조차도 사라진 저 깊은 진공의 바닥으로 걸어가는 신비한 한 사람.

미리는 그 순간, 누군가 자신의 얼굴에 침이라도 뱉은 듯 뼈에 사무칠 만큼 치욕적이었던 모든 폭언을 다 잊기로 했다. 한 교수가 자신을 향해 휘둘렀던 기름진 칼날을 분노 없이 잊기로 했다. 졸업할 때까지 제자의 이름조차 제대로 기억 못하는 영혼 없는 한교수를 불쌍히 여기기로 했다. 아직도 음악을 짝 사랑하는 자신을 먼저 위로하기로 작정했다.

'미란, 똑바로 들어. 태아가 신비롭고 경이롭게 느껴지는 것과 같은 거, 너의 상태는 그렇다구. 나에게도 귀가 있고 눈이 있다는 걸 알아두셔. 그러나 아직 내 잣대로는 음악은 아닌 걸 어쩌자고. 아직은 현실에서 부대끼며 살 수 없는 태아에 불과한 걸 어쩌자고. 그건 음악 이전의 어떤 상태거든. 아직은 완벽한 사람이 아닌, 엄마 탯줄에 매달려 허우적대는 보호받아 마땅한 핏덩이일 뿐이거든. 니 말대로 사랑의 보살핌이 없으면 어떻게 아이가 어른이 되겠어. 아이 혼자 어떻게 어른이 되겠어. 그렇지? 하지만 로드센에선 그런 태아를 훌륭한 음악가 어른으로 키울 수는 없다는 냉정한 사실을 어서 받아들이셔. 우리가 원하는 건 그런 학생이 아니야. 시간이 얼마나 걸리는지 설명 안 해도 본인이 파악할 수 있지? 그 정도 머리는 있지? 그뿐이라고. 그리고 거기까지 했으면 됐어. 미란, 시간을 돌이킬 수 있다면 나는 음대를 졸업하고 그냥 고향으로 가는 길을 택했을 거란 말이지, 진심이야, 여기에 다다르기까지 음악은 고사하고 날마다 진흙탕을 뒹굴었는데, 내 꼴이 이게 지금 제대로 된 꼴이야? 내가 음대 교수야? 난 처음엔 꼭두각시였다 이제는 괴물이 됐단 말이지, 괴물들과 싸우다보니 별 수 있나? 아아, 과제? 그게 그렇게 억울했나? 꽁하기는. 잘 들어, 퇴짜 맞은 작곡과제가 우리의 문제는 아니야. 나만큼 현재 너의 상태와 수준을 정확히 알고 있는 사람은 없어. 정말 무한한 가능성을 지니셨어. 그러나 이건 격려라기보다는 성실한 학생에게 보내는 내 나름의 위로거든. 미란, 나는 선생이거든. 그걸 알고나 가서. 졸업은 시켜줄게.'

"어쨌든 다음 순서는 누구죠?"

모두가 동시에 킥킥거렸다.

"정을 떼려면 더 끈질기게 수업해야죠. 종강까지 두어 시간 더 남았잖아요. 누구예요, 다음 순서?"

부단장이 피아노 덮개 위로 오른손을 올리며 왼손을 바지 주머니에 넣었다. 피아노와 부단장의 오른팔, 그리고 그의 탄탄한 어깨와 갸름한 얼굴로 이어지는 부드럽고도 완만한 상승 곡선 실루엣에 미리가 감탄하는 순간 부단장과 미리의 두 눈이 정확하게 마주쳤다.

"가만 있자, 지금 보니, 이제껏 말 한마디 안 하고 버틴 사람이 저기 있네요? 독하네."

맞아요, 미리요, 미리, 쇼팽주의자요, 독한 미리, 모두가 미리가 앉은 구석을 향했다. 미리는 놀란 나머지 들고 있던 펜을 갑자기 떨어뜨렸다. 상체를 숙여 볼펜을 주워올리는데 자신의 이름을 리듬감 있게 불러대는 부단장과 친구들의 장난기 어린 목소리에 뜬금 없이 미리의 코끝이 찡해지면서 눈가가 기습적으로 촉촉해졌다. 거 좀 미리미리 합시다, 그럽시다, 미리미리.

"네, 좋습니다. 다음 발표자 겸 연주자는 쇼팽 스페셜리스트

이자 쇼팽주의자, 혹은 쇼팽덕후 내지는 쇼팽교의 상교주 앤
드 쇼팽 발라드의 미친 존재감, 미리의 판타지 독무대 되겠습
니다."

부단장은 손바닥으로 피아노 덮개 위를 경쾌하게 탁탁 두
번 쳤다. 그 물리적인 소리가 섬세하고도 아름답게 실내를 울
리는 동시에 박수가 터져나왔고, 뒷문으로는 다음 강의를 기다
리던 성급한 음악도들이 힘차게 우르르 몰려들었다.

# 옛 노래 1
## ―겨울 순서

Bye, baby bunting 잘자요, 통통한 우리 아기

Daddy's gone a hunting 아빠는 사냥하러 떠났어요

To get a little rabbit skin 작은 토끼의 가죽으로

To wrap his baby bunting in 아기에게 따뜻한 포대기를 만들
어주려고요

—영국 자장가


"이 고을에는 예로부터 전해오는 노래가 있대요, 아빠가 아
기를 두고 떠난다는 노래래요, 옛 노래나 옛 건축물을 공부하
는 선생들은 아무도 모르는데 저 늙은 나무들은 그 노래를 안

대요, 신기하죠, 사실 선생이나 학자들이 뭘 알겠어요, 명승고 적도 없는 이 고을에 사람이 몰리는 까닭을 이제 알겠죠?"

이따금 검은 코트 주머니에 손을 넣은 채 팔을 벌려 날갯짓 비슷한 폼으로 하늘을 올려다보다 그것도 재미없는지 말없이 서 있기만 하던 최선생이 한마디 했다.

언덕 아래로는 조용한 마을이었다. 언덕 너머로는 하늘을 가득 가린 높은 산이었다. 끊임없는 능선이 눈 닿는 곳 끝까지 기괴하게 펼쳐진 풍광 앞에서 사람들은 어이쿠, 한탄과도 같은 소리를 저마다 내뱉었다. 사람들은 자연의 웅장함이나 아름다움보다는 묘한 공포를 먼저 느꼈다. 군데군데 솟구친 바위산 때문에 그들은 더욱 판단할 수 없었다. 산이 여기서 아주 먼 곳에 있는지 바로 손닿을 곳에 있는지, 산이 자신들을 부르는 것인지 떠미는 것인지, 세상을 향해 신음하는 것인지 비웃는 것인지, 사람들은 아무것도 알 수 없었다. 산은 아주 옛날부터 그랬다는 듯 사람들 마음을 당당히 짓누르며 가늠할 수 없는 높은 곳 어딘가까지 위협적으로 솟아 있었다. 당연히 사람들은 이 고을에 살지 않았다. 사람들은 물난리나 눈사태가 나지 않는 곳을 찾아 떠나갔다. 기름진 평야를 찾아 떠난 사람도 있었고 돈을 벌고 싶은 사람은 공장이 많다는 큰 산업도시로 떠나기도 했다. 산 밑에서 마음을 옥죄며 살고 싶지 않았기 때문에 사람들은 모두 짐을 꾸렸다. 그리하여 이 고을엔 사람들이 남기고 간 빈집만이 여기저기 남아 있었다.

"생각해보면, 우리도 배고팠던 순간만 기억하잖아요. 배불 렀던 때는 다 잊어버리잖아요. 기쁜 일은 오래 기억되지 않아 요. 마찬가지로 기뻐서 부른 노래도 오래 기억되지 않아요."

마치 자기 자신에게 말을 걸듯, 이런 말을 해도 될까 싶은 눈빛으로, 한없이 자신없는 듯, 어떻게 들으면 여전히 뭔가를 망설이는 듯한 목소리로 최선생은 방금 전보다 더 천천히 말 했다.

사실 최선생은 산도 좋아하지 않지만 노래도 좋아하지 않는 편이다. 호기심, 어쩌면 짓궂음, 그런 장난스런 기분으로 옛 노 래 이야길 꺼냈는지 모른다. 그 노래를 기억하는 사람은 당연 히 없다. 나무들도 다 잊었을 것이다. 고통을 기억하느니 차라 리 말라비틀어지길 소원했을 것이다. 그러니 최선생은 거짓말 쟁이일 것이다. 왜 헤어진단 말인가. 그것도 왜 아기를 두고 떠 난단 말인가. 노래가 나온단 말인가. 나이 마흔을 어디로 먹었 는지.

"자, 한번 불러보겠습니다."

"거, 시간 없는데 담에 하시죠."

성질 급한 누군가 대답한다. 듣는 이의 마음을 살짝 뒤틀리 게 하는 목소리다. 최선생은 입을 다문 채 풀이 죽어 나뭇가지 아래 그대로 서 있다. 해가 저문다. 최선생은 조금씩 기침을 한 다. 사람들은 코트 단추를 채우며 내려갑시다, 중얼거린다. 과 연 이런 땅에 남아 있다는 노래는 어떤 노래일지.

이제 사람들은 언덕길을 내려가며 두고 온 아이들을 생각한다. 이상하다. 아이들만 생각하면 죄책감이 밀려온다. 산골짝 작은 마을에 떠돈다는 노래와 그 노래를 기억한다는 저 나무 때문일까. 이 고을 전체가 이상해 보인다. 모든 비밀과 고통을 알고 있다는 나무가 무서워진다. 저 산과 저 나무를 피해 도망가는 것은 어떨까. 기괴함과 거대함 자체로 숨통을 죄어오는 자연을 누가 아름답다고 간단하게 말한 걸까. 그렇지만 아이들도 자연 못지않은 존재다. 우리가 아이들에게 속했는지 아이들이 우리에게 속했는지 알고 싶다. 아니 아이들은 우주적인 존재일 수도 있다. 그렇다면 아이들이 언제 우주로 돌아갈지는 아무도 모르는 일이다. 그런 거였다. 돌아간다, 헤어진다, 같은 뜻일지도 모르는 낱말들이다. 최선생이 옳게 말한 것일 수도 있다.

어두워지면 고개를 숙이는 어른들은 아이들이 무엇을 말하는지 알지 못한다. 아이들과의 원활한 의사소통을 원한다면 제발 다짐을 강요하지 말아야 한다. 어른들은 대부분 이렇게 말한다.

"끔찍한 일 아니니? 엄마 아빠는 우리에게 그런 일이 일어나지 않기만을 바랄 뿐이야. 우리 헤어지지 말자. 우리 옆에 꼭 붙어 있어야 돼."

어른들은 겁쟁이일 뿐이다. 하지만 아이들은 명쾌하게 설명한다.

옛 노래 1—겨울 순서

"사냥을 떠나지 않으면 돼요."

아이들은 그림책을 꺼내온다. 사냥? 서투르게, 하지만 서둘러 책장을 넘긴다.

"아기가 앙앙 울어요."

"아기들은 원래 밤에 운단다."

수백년 전부터 어른들은 똑같은 말만 한다.

"밤에 울지 않는 아기는 없단다."

"아니 아니, 아기는 여우털이불 싫어해요."

"하지만 추운 겨울을 나려면 따뜻한 이불이 필요한데도?"

역시, 어른들은 안락함을 좋아한다. 매서운 바람도 피해야 하고, 비도 맞지 않아야 하고, 겨울엔 땔감도 많아야 하고, 먹을 것은 늘 많아야 한다.

"여우를 넘어뜨리지 마세요."

아이는 무서운 듯 그림책으로 얼굴을 가린다.

"여우는 사람이 넘어뜨려도 되는 짐승이란다. 그걸 몰랐구나?"

"아니 아니, 여우도 토끼도 호랑이도 다람쥐도 모두 산속에서 뛰어놀아요. 아무도 넘어뜨리지 마세요."

아이는 갑자기 울음을 터뜨린다.

"왜 우니?"

엄마는 아이에게 다가가 문제의 그림책을 손에서 빼낸다. 아이는 아이답지 않은 굵은 눈물을 흘린다. 그림책 속의 아기도 엄마품을 파고들며 자지러지게 운다. 엄마는 그림책을 덮어버린다.

"울지 마라, 응? 깊은 밤이란다."

"여우털이불도 토끼털이불도 싫어요. 아기는 아빠가 산에 가는 걸 싫어해요."

아이는 팔을 들어 두 귀를 막는다, 머리를 흔든다.

"그래그래 무섭구나. 여우가 무섭구나."

어른들은 아이들 말을 해석할 수 없다. 점점 화가 나는 걸 겨우 참으며 같은 말만 되풀이한다.

"울지 마라, 곧 아빠가 따뜻한 털이불과 먹을거리를 구해오실 거야. 어서 자야지, 그래야 착한 아이지."

아이는 이제 눈도 뜨지 않는다. 아이는 어른들에게 실망하는 중이다. 그런데도 왜 아이들이 이 모든 걸 참고 착해져야 하는가. 누굴 위해서.

산길은 온통 눈밭이다. 아빠가 돌아오는 길, 굶주린 산짐승의 발자국은 생겨났다 지워지고 생겨났다 지워진다. 조심히 오세요 아빠, 그 길은 위험한 산길이에요. 그러나 산속을 헤맨 아빠는 이제 힘이 없다. 아기는 밤새도록 운다. 아빠, 거기 누워 잠들지 마세요, 산속에서 무슨 일이 일어났는지 다 아는 아기는 잠을 이룰 수 없다. 겨울밤은 깊어간다. 잠들지 않는 아기, 여우털이불이 싫은 아기는 더이상 아빠를 기다리지 않는다. 아기는 이제 잠을 못 이기는 엄마의 고단한 인생을 측은히 여긴다.

"무서워요."

"뭐가 무섭니, 말해보렴."

어른들은 억지로 다정한 척 묻는다.

"응? 무서운 건 없단다, 한숨 자면 아침이 오거든, 그럼 아빠가 돌아오시는데? 그럼 배고프지 않을 텐데? 동화 속 아기도 맛난 고기를 먹을 텐데?"

아이는 서럽게 운다. 눈을 뜨렴, 이제 아침이 온다니까. 그림책 속의 아기는 배냇저고리 섶을 움켜쥐고 운다. 지쳐 잠들었던 엄마도 눈을 뜬다. 그러나 이젠 아기의 말랑거리는 배에 얼굴을 파묻고 같이 울 뿐이다. 울지 마라, 응.


우지마라 금자둥아 우지마라 은자둥아

눈길따라 마중갈까 뱃길따라 마중갈까

이른아침 눈을뜨면 겨울바람 물러가고

저산너머 오는해님 두모녀를 지켜주리

우지마라 귀애둥아 천금같은 신비둥아

내가너를 기다리며 나무심고 꽃을심어

달과같은 너를얻어 품에안고 입맞추어

부귀영화 맞바꾸리 금은보화 너바꾸리

우지마라 금자둥아 우지마라 은자둥아

티끌오랴 재가오랴 끊어진길 어이하리

해가 떠오른다. 눈은 이제 내리지 않는다. 아이와 엄마는 깊이 잠들었다. 그들을 깨워선 안 된다. 그들의 고된 삶은 지금부터니까. 쉿, 조용.

최선생도 드디어 나뭇가지 아래서 눈을 뜬다. 몹시 피곤한 얼굴이다. 최선생은 밤만 되면 더 심하게 기침을 한다. 잠을 이룰 수 없을 만큼 고통스럽다 해도 누구 하나 대신 아파줄 수는 없다. 그러니 되도록 최선생 얼굴을 아침에 바라보지 말 것, 마음 쓰라리다고 그 앞에서 울먹이지 말 것, 아침부터 언덕을 올라오느라 다리 좀 아프다고 엄살떨지 말 것.

최선생은 왜 이 고을로 여행을 떠나자 했을까. 척박한 산악지대에 와서 슬픈 옛 노래나 불러보자고 한 말을 왜 사람들은 못 들은 척했을까. 그러다 서둘러 떠나온 이유는 무엇일까.

사람들은 떠나오기 전날까지 함께 읽은 동화책 내용을 두고 설왕설래했다. 그러니까 최선생과 사람들이 모여서 하는 일이라는 게 서로에게 동화책을 읽어주는 일이었다. 사람들은 아이들을 사랑(한다)했다. 그래서 동화책도 사랑(한다)했다. 하지만 아이들을 향한 어른들의 사랑이란 게 몹시 이상했다. 사람들이 아무리 동화를 읽고, 동화 속 아이의 마음을 아무리 깊이 헤아린다 해도 그 동화를 쓴 사람은 어른이었다. 어른들은 기법과 속임수에 능했다. 그래서 아이들을 통제해야 할 때마다 어른들은 교묘하게 동화를 써먹었다. 그것이 동화를 사랑하는 이유였고 동화가 필요한 이유였다. 우린 그런 어른들이 아니오, 하며 동화를 읽고 쓴다는 어른들이 아무것도 안 하는 어른들에게 돌멩이를 던진다 해도 놀랄 건 없다. 원래 어른들은 폭력을 좋아하며 폭력을 적절히 사용하는 사람을 유능하다 서로 칭찬하곤 한다. 당장은 어른들의 두 얼굴을 못 알아채겠지만 상황은 오래지 않아 뒤바뀔 것이다. 어쨌든, 이야기를 누군가 지어냈다고는 상상도 못하고 아이들은 온 존재를 걸고 거기에 빠져든다. 아이들의 이러한 행태가 어른들에겐 또한 관찰과 연구대상일 텐데, 어른들은 나름 승리에 도취되어 아직은 통제하기 쉬운 살아있는 인형이군, 하며 동화의 유용성을 찬양한다. 어른들의 방법은 늘 그런 식이다. 아이들을 사무치게 사랑(한다)하면서도 한편으론 통제하며 위협했다. 그러면서도 당당하고 뻔뻔했다. 그리하여 어른들은 끝내 자신의 삶은 물론이거니와 아이들의 삶까지 도식화했다. 이것이 어른들이 동화를 사랑(한다)하는 이유였다.

동화 속 아기는 잠들지 못했다. 아기는 산으로 사냥을 떠나는 아빠를 놓아주지 않았다. 하지만 아빠는 맛난 고기와 따뜻한 털이불을 약속하며 산으로 떠났다. 아기는 눈내리는 겨울밤 내내 잠들지 못하고 울었다.

이 이야기를 읽고 사람들은 동화를 읽는 어른들답게 모두 아이 편을 들었다. 그러나 최선생만은 먹고사는 일을 강조했다. 즉 최선생은 아빠가 산으로 간 까닭을 진지하게 옹호했다.

사람들: 식솔들을 먹여 살리기 위해 꼭 산으로 가야만 하는가.

최선생: 산 아래에는 먹을 게 없다, 서로를 뜯어먹을 순 없는 일 아닌가.

사람들: 그래도 아빠가 집을 비우는 건 옳지 않다, 식구들은 배고파 죽기 전에 무서워 죽을 것이다. 외로워 죽을 것이다.

최선생: 삶은 가난하다, 가난은 무서움 따위도 잊게 한다, 그리고 사람에겐 목숨이 있지 않은가, 가진 것 없는 사람은 목숨을 내걸어야 한다.

사람들: 그것 봐라, 아빠마저 죽으면 그 가난한 살림이 어찌되겠는가.

최선생: 그래서 산으로 가는 거다, 자연으로, 자연은 풍요로우니까, 모든 걸 살려주니까, 모든 걸 덮어주니까, 그리고 잔인할 만큼 모든 걸 기억하니까.

사람들: 어리석다, 가족을 지키는 길은 함께 있어주는 것이다.

최선생: 함께 굶어죽는 건 의미 없는 일이다. 가난은 아이들을 빨리 어른으로 자라게 한다. 그 정도는 외로움도 아니다.

사람들: 착각하지 마라, 아빠가 떠나는 순간 아이들은 더 자라지 않는다, 엄마와 아빠가 함께 아이 옆에 있어야 한다, 그러면 무섭지 않으니까 죽지 않는다, 충분히 겨울을 날 수

있다.

　최선생: 굶어보지 않은 사람들은 이해 못한다.

　사람들: 아니면 아빠가 온 식구를 데리고 같이 산으로 가야 한다, 결코 헤어져선 안 된다.

　최선생: 가난을 너무 낭만적으로 이해하고 있지 않나?

　사람들: (쳇, 이름도 없는 시인이면서 말만!)


　먼저 말을 걸어도 최선생은 화가 났는지 대답이 없다. 작은 일에도 쉽게 삐치는 최선생다웠다. 최선생은 요술쟁이다. 혼자 마음속으로 생각한 것도 모두 알아맞히는 신기한 사람이다. (이름도 없는 시인이라고 한 거, 미안합니다.)

　동화는 끝났다. 어른들이 지어낸 똑같은 이야기는 진작 끝났어야 했다. 사람들 대부분이 그런 어른이라는 걸 아이들에게 영원히 들키지 않는 게 행운일지 불운일지 오늘도 가늠하지 못한 채 모임은 그렇게 끝났다.

　"병에 걸리니까 좋은 점도 있어요."

　최선생은 바닥에 주저앉으며 말한다. 화가 풀린 목소리다. 차라리 최선생이 편하게 누웠으면 좋겠다. 최선생은 몸이 아픈데 잘 쉬지도 않는다.

　"사람들이 나를 찾아와주고, 나를 용서해주고, 그리고 무엇보다 나를 위해 울어줘요. 그러면 내 마음에 용기가 생겨요."

　최선생은 뺨을 두 손으로 감싼다. 사실 최선생은 병에 걸린 것 같지 않다. 때로는 어린아이처럼 해맑게, 때로는 배우처럼 눈부시게 웃을 줄도 안다. 꽤 멋있는 사람이다. 절망하고 있을 때도 기본 품위는 지키는 편이다. 날마다 씻고 화장을 하고, 집 안을 정돈한 후엔 구두도 닦는다. 또한 아침엔 꼭 밥을 지어서 예쁜 그릇에 담아 먹는다. 어떤 사람은 가식적이라며 이런 최선생을 싫어한다. 혹은 아직 견딜 만하니 그런 거라고 넘겨버린다. 그러나 그건 최선생 스타일이다. 자기만의 스타일조차 없는 사람보다는 매력적이다. 하지만 최선생 매력으로 치자면 그녀의 화술만큼 매력적인 것도 없다. 최선생과 이야기하다 보면 고상해지는 기분일 때가 많다. 그녀에겐 상대방의 정신 수준도 한 단계 높아지게끔 대화를 이끄는 능력이 있다. 순간적이나마 자신의 정체성을 갑자기 고귀하다 착각하게끔 최선생은 상대방을 향해 말하고, 쳐다보고, 질문한다. 그 힘은 무엇일까. 그것은 모든 사람을 향한 따뜻한 배려일 수도 있고 지나친 예의일 수도 있다. 하지만 이러한 능력은 사람을 포함한 만물에 대한 최선생의 왕성한 호기심에서 비롯된 버릇이라 보는 게 가장 정확할 것이다. 아무것도 아닌 옛 노래 같은 이야기를 할 때면 그 화술은 더욱 빛난다. 그깟 옛 노래, 아리랑, 쓰리랑, 그게 뭐. 그러나 최선생이 말하면 다르다. 죽기 전에 이 땅에 와 그 노래를 들어보지 않으면 인생에 무슨 의미가 있겠느냐고 사람들은 스스로 결론내렸다. 그러곤 서둘러 짐을 꾸려 이 고을까지 뭐에라도 홀린 듯 내려왔다. 최선생의 이런 힘을 집중력이라고 해야 하나, 말솜씨 좋은 물귀신의 전략이라고 해야 하나. 어쨌든 이런 사람은 병든 사람이 아닐 것이다.

"기쁨은 날아가버려요. 남아 있질 않아요. 기억하기엔 너무 가벼운 감정이에요. 그러니까 아픔이나 분노, 아쉬움도 슬픔에 더해져 슬픔만 큰 덩어리로 남는 것 같아요."

최선생 목소리가 어쩐지 어두워지는 것 같다.

"그러니까 그건 내 노래가 아니에요. 누구의 노래도 아니지만 사람들은 오래 기억하죠. 노래는 악보나 음반, 음원도 없이 21세기까지 왔어요. 그 노래를 한번이라도 들어봤거나 한번이라도 따라 불렀던 사람들의 고통을 싣고서 말이에요. 나는 그런 게 기적이라고 생각해요. 어쨌든 모두의 마음에 옛 노래가 다 들렸으면 좋겠어요."

"어서 건강해져야죠."

추위를 많이 타는지 벌써부터 목도리를 두툼하게 두른 다른 이도 나서서 말을 거든다.

"나는 몸이 아파야 마음이 튼튼해지는 사람이에요. 이제 그걸 알았어요. 만족합니다."

만족합니다,라고 말하는 최선생 눈이 잠깐 붉어진다. 만족의 눈빛이 아닌 게 분명하다. 그것은 참회의 얼굴이다. 한때 최선생을 오해하며 너만 아프냐고 힐난하던 몇몇은 미안한 듯 고개를 숙인다.

"함께 이곳으로 여행 오길 잘했죠?"

최선생이 아무렇지 않은 듯 코언저리를 만지며 사람들을 향해 묻는다.

"지난 일을 서로 사과하기에 좋은 고을이에요. 특히 이 언덕이 나뭇가지 아래, 여기가 마음에 듭니다."

가까이 앉아 있던 누군가 최선생의 어깨를 두드리며 대답한다.

"다들 그거 아세요? 사실 이곳엔 이제껏 한번도 사람들이 들끓지 않았대요. 나라와 도시는 늘 여기서 먼 곳에서만 세워졌대요. 저 험한 산에서 길을 잃고 헤매다 목숨이 끊어지기 직전이 고을에 다다르는 경우가 많았대요. 여기 사람들은 모두 그렇게 정착한 사람들이래요. 그래서인지 이 고을을 고향이라 부르는 이도 거의 없다는군요."

최선생의 어깨를 두드리던 누군가의 말이 끝나자마자 털실로 짠 벙어리장갑을 낀 사람이 입을 연다.

"근데 왜 사람들은 저 높은 산을 목숨 걸고 넘으려 했을까요?"

사람들은 혼잣말처럼 저마다 중얼거린다. 혹시 죄 짓고 도망쳤나, 아냐 기근이 심해서 식량이 없었을지도, 글쎄 임금이 포학해서 세금만 뜯어내며 괴롭혔을 수도 있잖아, 지진 같은 재앙이 닥쳤을지도.

중얼거리던 사람들은 처음 말을 꺼낸 사람을 약속이나 한 듯 다 같이 바라본다.

"전쟁 때문이래요."

최선생이 갑자기 아아, 하면서 말을 마친 사람에게 박수를
보낸다.

"우리 아이도 책에서 봤다고 하면서 언젠가 그런 이야기를
한 적 있어요."

사람들은 재미있다는 표정으로 웃는다.

"그래서 뭐라더라, 이곳 사람들은 각자 다른 나라에서 출발
했다 이 고을에 다다랐기 때문에 언어도 다 달랐대요. 그런데
도 마을에서 함께 사는 데 아무 문제는 없었대요."

최선생이 덧붙인다.

"그럼, 그런 이유로 이 고장의 방언이 그렇게 다양한 걸까
요?"

최선생의 어깨를 두드리던 사람이 동작을 멈추고 중얼거리
듯 묻는다.

"그건 집으로 돌아가 혼자 연구하시죠."

늦가을 햇볕 아래 구두를 벗고 앉아 있던 누군가 대꾸한다.
사람들은 다같이 웃는다.

"그러니까 전쟁만 없었으면 저 험한 산을 넘을 필요가 없었
겠군요."

벙어리장갑이 이해가 된 듯 중얼거린다.

"그런데 아이와 이곳에 왔었나봐요?"

늘 아이들 사진을 꺼내들고 자랑부터 하는 어떤 이가 최선

생에게 묻는다. 질문을 받은 최선생의 얼굴이 금방 어두워지기 시작한다.

"아뇨, 오고는 싶었지만 그러진 못했어요."

최선생은 부러진 나뭇가지로 한동안 흙을 파내다 우물쭈물 다시 말을 이어간다.

"같이 가자고 약속은 했지만, 시간이 없었어요. 같이 할 시간이 생각보다 너무 짧았어요. 그러고보면 사람들 말이 틀리진 않아요. 나는 좋은 엄마가 아니었고, 좋은 아내도 아니었어요. 그건 사람들이 나를 옳게 보고 한 말이에요."

최선생의 눈이 차차 더 붉어진다.

"자학하지 마세요."

선글라스를 한순간도 벗지 않는 한 사람이 낮게 말한다.

"그래요, 그건 오해예요. 최선생은 착한 사람이잖아요."

구두를 벗어놓았던 사람이 다시 찾아 신으며 강조한다.

"아이를 잃은 나를 사람들이 비난할 때 그제야 나는 세상이 얼마나 병들었는지 깨달았어요. 그들도 삶의 어느 순간 나 못지않은 악몽 같은 고난을 겪었고, 또한 어떠한 위로나 격려도 받지 못하고 분노마저 허락받지 못한 채 그저 숨만 쉬며 위태롭게 살았던 거겠죠. 나를 공격한 사람들은 정말 나랑 상황이 똑같았어요. 얼마나 모질게 당했으면 그랬을까요."


우리의 아이들이 아이였을 때 나눈 마지막 대화가 생각난다.

"미울 수도 있고 고울 수도 있는 건 얼굴 말고도 또 있어. 마음이 그래. 마음이 뭔지 알아?"

"마음? 여기 안 보이는 데?"

"그래 안 보이는 데 그런 곳의 얼굴, 이 깊은 곳의 또다른 얼굴."

"여기 이 얼굴 말고?"

아이들은 자신의 보드라운 두 뺨을 작은 손으로 감싼다. 아, 자신이 얼마나 사랑스러운지 짐작도 못하는 아이들의 겸손한 미소, 그래서 때로는 고독하게도 느껴지는 욕심 없는 웃음소리, 탐구하고 사색하는 저들의 총명한 눈동자, 아이는 바다 어딘가를 내려다보며 생각에 집중한다.

"옳지, 여기 이 얼굴 말고 숨어 있지만 절대 숨길 수 없는 얼굴. 그런 걸 인격이라고 하는 거야."

"인격?"

"그렇지, 됨됨이라고도 해, 사람들은 인격을 두고 훌륭하다, 본받을 만하다, 못났다, 고약하다 이렇게들 말해."

인격자답게 어른들은 타이른다.

"너는 꼭 훌륭한 인격을 지닌 사람이 돼야 한다."

그런데 아이들의 눈이 모두 동그래진다.

"왜 그러니?"

아이들은 대답한다.

"꼭 훌륭해야 해?"

"그래야 최고가 되거든."

"꼭 최고가 돼야 해?"

"그럼, 최고가 돼야 사람들이 널 우습게 보지 않아."

"우스운 사람이 되면 안 돼?"

아이들은 고통스럽게 또다시 묻는다.

"우스운 사람이 많아야 재밌지 않아?"

"글쎄, 그건……."

사실 최고의 사람들 틈에서 우습게 살 수 있는 것도 훌륭한 선택이다. 그러니 누가 더 훌륭하다고 쉽게 단정짓는 일이야말로 우스운 일이다.

"삶에는 피할 수 없는 고통이나 슬픔이 있다는 걸 아이들에게 정확히 알려주고 싶었어요. 혼자 짊어져야 할 짐들이 있다는 걸. 어린아이들도 다 알아들을 수 있어요. 아이들도 삶을 책임질 수 있기를 바랐어요. 그게 엄마인 나도 사는 길이고 아이들도 사는 길이라 생각했어요."

최선생은 부러진 나뭇가지를 손에서 놓더니 검은 코트를 벗는다. 그러더니 그 코트를 길게 깔고 땅 위에 천천히 눕는다. 누워 하늘을 올려다보는 최선생 얼굴이 뜻밖에도 편안해 보인다.

"왜 엄마들은 아이들 걱정을 하는지 모르겠어요. 걱정할 게 뭐가 있어요. 아이들 이름을 부르면 네, 하고 대답하는데, 밥을 퍼주면 밥을 먹는데, 새 신발을 사주면 신발이 닳도록 뛰어노는데 뭐가 걱정이에요. 같이 있을 수 없고, 네, 하는 소리를 들을 수 없고, 밥을 해줄 수 없고, 새 옷이나 새 신발을 사줄 수 없는 사람에 비하면 옆에서 숨쉬는 아이의 존재만으로도 뭐 걱정할 게 있어요. 일등이고 판검사가 다 뭐예요. 나는 삶이 불공평하다고 생각한 적이 딱 한번 있는데 아이와 헤어졌을 때 그랬어요. 그때는 누구도 용서할 수 없었고 당연히 나 자신도 용서할 수 없었어요. 아이와 헤어지고 나도 병에 걸렸을 땐 차라리 기뻤어요. 그때는 인생이 공평하다고 생각했어요."

어른들은 아이들에게 우선순위를 똑바로 알려줄 필요가 있다. 고운 얼굴이 아니라 고운 인격이 먼저라는 것을. 그리고 이것은 선택의 문제라는 것을. 갈 길을 선택하는 것은 인격을 선택하는 것이라는 비밀을.

"생각해봐요 최선생, 인격은 선택할 수 있는 거잖아요."

최선생 머리카락에 붙은 풀들을 조심히 떼어내던 한 사람이 입을 연다.

"지금 생각해보니 그래요."

"최선생은 좋은 엄마였어요. 선택은 아이가 하도록 했잖아요. 그건 아무 어른이나 못하는 일이거든요."

"그건 더 나중에 받아야 할 칭찬일 겁니다. 아이를 다시 만났을 때요."

최선생은 눈가를 타고 흐르는 눈물을 손바닥으로 닦아낸다. 최선생은 숨기지 않고 정말 울고 있다. 그래서 모두들 못 본 척

한다. 눈물은 최선생의 귓가를 적시며 계속 흘러내린다. 최선생은 한참 눈을 감고 있다.

"내가 가장 날카로웠을 때 아이가 떠났어요. 그건 우연이라 기보다는 아이의 의지였다는 생각이 듭니다. 엄마의 본성을 마지막 순간까지 정확히 확인하고 떠났어요."

"울지 마세요, 엄마."

아이가 말한다. 겨울 아침이다. 창밖을 내다보던 엄마는 깜짝 놀라 눈물을 닦는다. 자기가 우는 줄도 몰랐던 얼굴이다. 다시 눈이 내린다. 아이의 얼굴은 눈처럼 하얗다. 아이는 노랑 머리핀을 앞머리에 꽂았다. 아이의 이마는 따뜻한 기운으로 빛난다. 다른 이의 아픔을 위로하는 눈빛, 새벽노동에 지친 엄마를 보며 자상한 웃음을 보일 줄 아는 너그러운 입매, 어른들은 이 아이가 아픔을 알지 못할 거라 생각한다. 하지만 정말 어리석은 생각이다. 아이는 눈오는 겨울 아침을 좋아할 만큼 모든 걸 알고 있다.

"엄마가 일찍 들어와 기분이 좋아요."

아이는 집을 향해 달려오는 엄마를 그리기 시작한다.

"엄마가 아침 일찍 들어오면 그 순간 밤새 무서웠던 기분은 금방 없어져요. 엄마가 집에서 가까운 공장에 나가면 좋겠어요. 밤에 일을 안 하면 더 좋겠지만, 그러면 우리는 자꾸 가난해지니까 내가 참아야 해요."

엄마는 멋부리며 울고 싶다. 아이 앞에서는 기뻐서 엄살을 피우며 예쁜 소리로 울고 싶다. 우아하게, 얼굴을 일그러뜨리지 않고, 콧물도 흘리지 않고. 그러나 슬픔은 언제나 기습적이다. 엄마는 아이가 가난을 추상적으로만 알길 바랐다. 그렇게 보호하며 키울 수 있을 거라 자신했다. 철없이 티없이 키워서 자신이 살아보지 못한 방식으로 살게 할 생각이었다. 하지만 알아서 글자를 익히면서 아이는 가난도 익혔고, 또한 혼자 있는 법도 익혔다.

"엄마랑 내가 떨어져 있어야 한다면 그건 우리가 가난하기 때문이에요. 가난한 건 나쁜 건 아닌데, 참을 수 없는 것도 자꾸 참게 만들어요."

이렇게 가난을 몸으로 이해하는 아이의 키가 며칠 사이 한 뼘이나 더 자란 듯 보였던 날부터 엄마는 아이를 의지했다. 아니 생각해보면, 자신과 아이가 한몸이 되던 순간부터 엄마는 아이를 의지했다. 아이는 엄마가 용감해지길 원했고 엄마는 아이가 바라는 대로 용감해지기로 했다. 엄마는 그때부터 바퀴벌레도 무섭지 않았고, 천둥번개 치는 밤도 무섭지 않았고, 천장 위에서 뛰노는 쥐도 무섭지 않았다. 하지만 빈 지갑은 전보다 열배 백배 더 무서웠다. 엄마는 아무 일이라도 어떤 일이라도 할 자신이 있었다.

"네가 없었다면 말이야,"

엄마는 거대한 바위에 몸을 기댄 듯 편안하게 눈물을 닦으며 말한다.

"아마도 네가 없었다면, 엄마는 세상살이 순서를 아직도 몰랐을 거야, 순서를 모른다는 건 뜻을 모른다는 것과 같은 말이거든, 뜻도 모른 채 너를 키우고, 공장엘 가고, 이빨을 닦고, 밤낮 찌개를 끓이면 얼마나 재미없을까, 그렇지?"

아이는 그림 그리기에 온 정신을 팔고 있다. 그림을 그리며 여러 이야기를 그때그때 지어내느라 바쁘다.

"근데, 뜻이 중요한 거예요?"

아이가 고개를 들더니 갑자기 묻는다.

엄마는 아이에게 삶을 미리미리 알려줘야 한다고 생각한다. 지금도 혼자지만 언젠가 혼자라는 것을 삶에서 깨닫는 날 아이는 '나는 어떡해요' 소리치며 넘어질지도 모른다. 그때 겁먹지 말라고, 훌훌 털고 일어나라고, 엄마는 많이 배운 사람처럼 말해주고 싶다.

"엄마처럼 밤에도 일해야 하는 사람에겐 뜻이 제일로 중요하지. 그래야 밀려오는 졸음을 참을 수 있거든. 참는 게 중요하거든."

아이는 크레파스를 손에서 놓더니 벌떡 일어난다. 장롱 문을 열고 그 앞으로 의자를 가져가 딛고 올라간다. 그러곤 팔을 뻗어 베개와 이부자리를 방바닥으로 떨어뜨린다. 엄마를 부른다.

"잘 시간이 지났어요, 뜻을 알려면 잠을 자야 해요, 엄마."

아이는 그림책을 꺼내와 조용히 읽는다. 사냥을 떠난 아빠를 기다린다. 잠을 못 이기는 엄마를 위로한다. 방 안에서 울어대는 아기를 달래준다. 그래 울어, 울고나면 잠이 더 잘 온단다, 그래야 무서운 생각도 잊을 수 있거든, 나도 그랬단다, 겨울 아침에.

아이는 그리던 그림 속 대문 위에다 검은 크레파스로 과감하게 겨울,이라고 쓴다. 그리고 옆에다 순서,라고도 쓴다. 잠든 엄마의 얼굴을 한번 들여다본다.

겨울 순서.

'엄마가자미드면뜨슨깨어나엄마에게순서를알려줌다.'

아이는 스케치북을 한 장 넘겨 깨끗한 면에 다시 적어나간다.

'엄마가자미드면뜨슨깨어나엄마에게순서를알려줌다.'

'순서를알면찌개끄리기도재미꼬이빨따끼도재미써요.'

동화책 속 울던 아기가 눈물을 그친다. 아이는 크레파스 색깔을 초록으로 바꾸어 다시 써본다.

'순서를알면찌개끄리기도재미꼬이빨따끼도재미써요.'

답답한 듯 양말을 벗는다. 그러곤 다시 초록 크레파스를 손에 쥔다.

'그러면엄마는공장에가서도힘들지아나요.'

이제 손으로 발가락을 마주잡은 아가도 한줄씩 따라 읽는다.

'그러면엄마는공장에가서도힘들지아나요.'

'호자나믄아가도우지아나요.'

'호자나믄아가도우지아나요.'

그래 착하네, 뚝.

아이는 엄마 머리카락을 만지다 자신도 그 옆에서 슬슬 잠이 든다. 무섭지 않다. 그러면 가난해도 행복한 거라고 아이는 확신한다.

"누군가 내게 커서 무엇이 되고 싶냐고 물었어요."

최선생은 사람들에게서 등을 돌리며 돌아눕는다. 최선생의 목소리를 듣기 위해 모두들 한걸음 더 다가간다.

"내게 질문한 사람은 선생님도 아니었고 엄마도 아니었고 집주인도 아니었어요. 선생님은 내가 자기 반 학생인 줄도 몰랐을 테고, 엄마는 항상 공장일에 바빴어요. 집주인은 밀린 방세 때문에 늘 우리 모녀를 미워했어요. 다른 것도 아닌 그림책이 내게 그걸 물었어요. 그림책에서 만난 아기가요. 그래서 나는 솔직히 대답했어요. 나는 시인이 될 거야,라고요. 시인이 뭔데, 나중에 엄마가 물었어요. 그날도 엄마는 야근조였을 거예요. 그림책이랑 이야기하는 사람이에요, 나는 대답했어요."

불어오는 바람에 최선생 머리카락이 잔잔히 날린다. 몇사람이 부스럭거리며 기다렸다는 듯 가방에서 최선생 시집을 꺼낸다. 바람이 시집의 책장을 날리며 언덕 아래로 내려간다. 줄쳐진 시구를 음미하듯 바람은 맴돌다 쉬었다 하며 서둘지 않는다. 몇사람은 시인으로서의 최선생의 삶과 작품성에 대해 작은 목소리로 이야기를 나눈다. 그런데 그 목소리가 점점 커지기 시작한다.

주목받지 못한 이유가 무엇인가, 너무 모호하지 않은가, 주목을 받아야 좋은 시인인가, 한 사람의 마음이라도 움직이면 좋은 시인 아닌가, 이해하기 어려운데, 시는 이론이 아닌데 이해할 필요가 있는가, 암호를 풀어야 하는 기분이라면 심한 거 아닌가, 가슴을 열고 시를 읽어라, 가슴을 열도록 하는 게 좋은 시다, 시인은 상전이고 독자는 하인인가, 시읽기를 전투로 착각하나, 시인이 계몽군주일 필요는 없지 않은가, 그건 과장이다.

"그만들 합시다."

다른 누군가 듣기 싫다는 투로 말허리를 자른다. 등을 돌린 채 대화에 끼지 않던 누군가 마침 가방에서 식빵과 물을 꺼낸다. 그러자 다른 사람도 초코쿠키와 귤을 꺼낸다. 빵을 꺼낸 사람이 자르지 않은 식빵을 손으로 뜯어 사람들에게 조금씩 나누어준다. 다른 누군가도 캔맥주 몇개를 슬쩍 꺼낸다. 최선생도 몸을 일으켜 물 한모금과 과자를 받아먹는다. 먹고 마실 게 없는 줄로만 알았던 사람들 얼굴에 금방 웃음이 퍼진다. 삶에는 이런 재미가 있어 슬픔이 넘쳐도 살 수 있는 법이라고 모두들 입을 모은다. 과자 한조각, 빵 한쪼가리, 삶에는 허투루 볼 게 없다는 걸 사람들은 깨닫는다. 그깟 명성, 이론, 학문. 입 밖으로 쓸데없는 게 나오려 할 때는 못 나오게 입 안으로 뭐라도 쑤셔넣고보자고, 사람들은 의견을 모은다. 옳고 그름은 잠시 잊기로 한다. 내 잣대는 잠시 내려놓기로 한다. 단 과자를 먹을 땐 사람들 성품도 달달해진다.

그러나 집에는 먹을 게 없다. 아이는 배고프지만 잠든 엄마를 깨울 순 없다. 엄마가 일어난다고 먹을 게 생기는 것도 아니다. 큰일이다. 배고플 땐 오던 잠도 달아나는데. 그러나 조용해야 한다. 엄마는 잠을 자야 밤에 일을 나갈 수 있다. 그래야 나갈 때 순서도 알 수 있다. 그러니 이런 기운 없는 몸으로 할 수 있는 건 하나뿐이다. 생각하는 것. 사냥 나간 아빠를 생각하는 것. 아이는 아빠도 자기처럼 배가 고플 거라고 생각한다. 배고픈 건 정말 큰 문제다. 배가 고프지 않으면 아빠를 생각하지 않을 텐데. 하지만 아빠를 생각하지 않는 것도 아이에겐 큰 문제다. 숨을 쉬는 것처럼, 아침에 얼굴을 닦는 것처럼 그것은 당연한 일이 돼버렸다. 어떻게 그 생각을 멈출 수 있을까. 나눠먹어요, 아이는 자신의 오른손을 한입 베어 물고는 허공을 향해 내민다. 아빠도 한입 먹어요, 이건 케이크예요. 아이는 아빠가 먹길 기다린다. 삼거리 빵집에는 이런 케이크가 많아요. 꼭 사다주세요, 초코 맛으로요. 여기 우유도 있어요, 아이는 이번에는 왼손을 내민다. 어서 마셔요. 아이는 꿀꺽 소리를 낸다. 밥을 날김에 싸서 간장 찍어 먹어도 맛있어요, 나 혼자 먹다보면 간장을 내복바지에다 자꾸 흘려요, 그래서 맨날 바지에서 간장 냄새가 나요. 아이는 이불을 뒤집어쓰고 헤헤 웃는다. 아이는 얼굴을 이불 밖으로 삐죽 내밀고는 문득 작은 목소리로 불러본다.

아빠, 어서 와서 같이 나눠먹어요.

나눠먹을 줄 아는 사람이 용서할 줄 아는 사람이라는 걸 어떤 이들은 인정하지 않는다. 맘껏 미워하는 게 뭐 잘못인가, 좋아하는 척하는 위선자보다 낫지 않은가, 하며 그들은 반박한다. 그러나 맘껏 미워하면 그만큼 배가 고프다는 걸 그들은 알지 못한다. 이 언덕에서 이 하찮은 먹을거리로 출출한 배를 달래는 무리들 가운데서도 마음속으로는 아직도 누군가를 용서하지 못한 채 이를 갈고 있는 사람이 있을지 모른다. 그러나 최선생만큼은 이제 배고프지 않다. 이것은 말로 설명되지 않는 정신의 상태다. 슬픔이 알려준 비밀이기도 하다. 모든 게 맛있다. 나눠먹을수록.

바로 그때, 입속에 남아 있는 과자의 단맛을 되새기던 최선생은 문득 낯선 의지를 발견한다. 그것은 끝이 멀지 않았다는 징후로 느껴질 만큼 처음엔 몸을 몹시 불편하게 했다. 무엇보다 땅에 살이 닿는 곳마다 날카롭게 아려오기 시작했다. 다리를 들어 자세를 바꾸려던 최선생은 아아, 탄식과도 같은 소리를 내며 지레 포기할 수밖에 없었다. 통증은 몸 전체로 곧 퍼져나갔다. 두 손바닥을 살짝 맞대는 것조차 힘들었다. 손가락에 쥐고 있던 과자를 땅에 힘없이 흘렸다. 오전의 온화한 햇살도, 뺨을 쓰다듬듯 스쳐가는 바람도 모두 냉혹하기만 했다. 이마에서 식은땀이 흐르기 시작했다. 이제는 입안에 맴도는 과자의 단맛도 역겨웠고, 다시 일어날 수도 도로 누울 수도 없는 맥

없는 몸뚱어리도 지겨웠다. 이러다 기침이 터져나와 경련을 일으키듯 한바탕 구르며 몸속의 찌꺼기들을 내뱉고 나면 차라리 평화로울까. 정말 몸이 왜 이럴까. 죽음을 평안히 기다리는 법은 알려주지 않고, 애꿎은 시간만 할퀴는 뻔한 습관을 최선생은 버리지 못했다. 최선생도 이것이 어리석은 짓이라는 걸 알고는 있지만 그래도 진심은 속일 수 없었다. 냄새나고 시끄러운 세상, 꼴값에다 개떡 같은 세상이라 해도 최선생은 여기가 좋았다. 여기에 더 있고 싶었다. 자신을 불러주는 사람들에게 한번이라도 더 예, 하고 대답하고 싶었다. 먼저 떠난 이들을 곧 만날 수 있다고 막연히 마지막을 동경했던 순간이야말로 스스로에게 또한 타인들에게 모두 기만이었음을 최선생은 이제야 깨달았다. 그랬기 때문에 사람들 속에서 최선생은 혼자 슬펐다. 그것이 최선생에겐 상처이기도 했지만 이제는 위로이기도 했다. 숨을 깊게 들이마셨다 내쉬길 되풀이했다. 그래, 몇분 정도, 노래 한번 흥얼거리는 시간 정도, 대문 앞 구멍가게에 다녀오는 시간 정도, 하품을 늘어지게 하고 게으르게 눈물을 닦는 정도, 신호등이 바뀌길 기다리는 그 시간 정도쯤. 최선생은 이마의 땀을 천천히 닦았다. 아직은 몸이 막무가내로 고집을 피우진 않았다. 몸아, 최선생은 두 손을 맞대고 깍지를 껴보며 남아 있는 통증이 있나 없나를 확인했다. 그래, 고집을 좀 꺾었구나, 이 정도면 견딜 만했다.

사람들 떠드는 소리가 차츰 들렸다. 동시에 몸 때문에라도 잊을 뻔했던 아까의 의지가 다시금 떠올랐다. 희미해지길 기다려도 그 가닥은 점점 분명하게 다가와 최선생을 사로잡기에 이르렀다. 도망가고 도망가도 무언가에게 집요한 추격을 당하는 것처럼 떨쳐지지 않는 이상한 힘이 바로 그 의지의 성질인 듯했다. 지금이 아니면 다시는 깨달을 수 없는 비밀. 그런데 뭐라구요? 간밤에 이 식빵을 머리에 베고 잤다구요? 아아아, 사람들은 식빵을 나눠먹으며 으하하 웃는다. 그러나 최선생은 꼼짝 못하고 생각에 포위당한다. 사람들에겐 최선생을 살필 틈이 없다. 건강한 사람들은 뭔가를 먹을 때는 먹는 일에 열중하느라 다른 이를 살필 수가 없다. 그러니까 간단하지만 받아들이기 싫었던 어떤 것, 내가 마음을 일부러 닫아버리고 싶었던, 건강해서 오만했던 어떤 때, 그때를 뉘우치고 싶은 맘, 나를 밀어낸 차가운 마음들을 용서하고 싶은 어떤 맘, 이를테면 죄를 용서받고 싶은 욕망, 혹은 죄를 용서하고 싶은 욕망이 결단과 실천을 요구하며 최선생을 단단히 에워싸고 있었다. 착한 마음에 가까운, 어린아이처럼 단순하면서도 무지한, 그렇기 때문에 한없는 깊이로 어른을 감동시키는 아이들의 영혼처럼 빛나는 이 낯선 의지는 사람의 본능 가운데서도 가장 강렬하기 때문에 삶 속에 풍덩 빠져야만 충족되는 괴팍하면서도 맹목적인 본능으로 둔갑한 채 갑자기 이 순간 이 언덕에 몸을 기댄 최선생을 찾아온 것이다. 아직은 그것의 고유한 성질을 다 알 수는 없었지만 사리분별을 알게 된 뒤 처음으로 최선생은 마음을 옥죄오는 이상한 아픔을 정확히 느꼈다. 어떻게든 더 살고 싶어하는 나쁜 습관은 이제 버려야 하는 것이다. 시간이 다 된 걸지도 몰랐다. 이러한 욕구가 최선생에게만큼은, 이 순간만큼은, 마지막 기도처럼 여겨지기도 했다. 배고픈 몸뚱어리를 어쩌지 못하는 사람들의 한계를 통탄할 필요는 없었다. 그들은 삶에 충실할 뿐이다. 사람을 완벽하게 완성시켜주는 가장 근본적이고도 간절한 욕망, 경건을 향한 이러한 의지는 건강할 땐 찾아오지 않는다는 것이 오히려 다행일지도 몰랐다. 모두가 사랑스럽다, 모두가 안쓰럽다, 모두의 마음을 이해하겠다, 모두의 어두움을 헤아리겠다, 모두의 배고픔을 덜어주겠다, 이런 마음은 아파야 배울 수 있는 것이다.

최선생은 놀라운 눈으로 발치의 돌멩이 하나를 뚫어지게 바라보았다. 땀과 눈물로 얼룩진 얼굴을 손바닥으로 닦았다. 돌멩이가 점점 커지며 눈을 압박해오기까지 최선생은 쳐다보았다. 이러한 경건을 향한 욕망은 왜 마지막 때에 모습을 드러내는 걸까. 마음 어느 구석에 숨어 있다 시간이 얼마 남지 않았을 때 사람 마음을 빽빽이 차지해버리는 걸까. 이러한 욕망은 누구나 행동에 옮길 수 있는 삶의 탁월한 본능은 아니었을까.

맛난 고기를 약속하며 떠난 아빠를 최선생은 용서할 수 있었다. 매서운 겨울밤, 사냥에 지친 아빠를 해코지했을 여러 짐승들, 그래 그 짐승들도 굶주렸을 테지, 혹은 세상에서 거들먹거리며 아빠를 괴롭혔을 짐승만도 못한 사람들, 최선생은 그들도 용서할 수 있었다. 탐욕으로 게걸스러워진 사람들은 한번도 스스로를 돌아보지 못한 채 삶을 마감할 것이다. 그것이야말로 그들에게 가장 큰 징벌일 것이다. 그러니 그들을 끝까지 미워할 이유가 없다. 또한 가난과 싸우느라 곱게 울 수 없었던 엄마, 거울을 볼 수도, 어린 딸과 밤을 보낼 수도 없었던 엄마를 최선생은 용서할 수 있었다. 늘 밀려오는 잠과 투쟁을 일삼아야 했던 엄마를 용서한다는 말은 사실 너무 냉정한 말이다. 엄마는 젊은 적이 없었고, 배부른 적이 없었다. 도대체 누가 누구를 용서한단 말인가.

자신을 두고 먼저 떠난 아이에게는 용서를 받고 싶었다. 그건 누구에게도 명확히 설명할 수 없는 죄의식이었다. 끝을 알 수 없는 구덩이로 빠지는 악몽과도 같았다. 이런 슬픔 앞에서는 타인의 위로가 마음의 강을 건너올 수 없었다. 그들도 호되게 당한 사람들이었다. 그들의 공격과 비난은 자신들을 향한 연민이었다. 용서뿐이겠는가, 그들과 함께 울고 싶다. 아이는 사냥터에서 무슨 일이 생길지를 정확히 알고 있었다. 그래서 아이는 아빠와 엄마가 모두 옆에 있어주기를 소망했을 것이다. 내 옆에 있는 아이의 이름을 더 다정히 불러주며 더 따뜻이 안아주지 못한 엄마는 용서받을 자격도 없었다. 그러나 뻔뻔스럽게도, 전지전능한 누군가가 허락만 해준다면 이 짐을 다 내려놓고 싶다. 떠나려는 아빠를 아이가 붙들고 놓아주지 않을 때 같이 붙잡지 못한 스스로에 대해서도 용서받고 싶다. 어른들에겐 각자의 길이 있다고 되도 않는 억지로 아이를 협박하던, 떠난 아빠를 그리워하는 아이를 향해 말귀가 어둡다고 매정하게 나무라던, 약속을 어기고 자신의 길을 떠난 아빠 따위가 그렇게 그리우면 아빠를 따라가라고 악을 쓰던, 거의 미치광이에 가까웠던 이 엄마를 용서할 수 있다면 용서해주기를. 또한 서로의 삶을 난장판으로 만들고 결국엔 떠나버린 당신을 이제는 용서하기를, 그래도 삶의 한순간 겁없이 사랑하며 약속을 남발했고 낭만 속에서 세상에 저항하며 서로 의지했던 그 순간을 결코 잊지 말기를.

정말 이 식빵을 베개 삼아 잤어요? 세상에, 찜찜한데요, 하하하. 최선생은 터질 것 같은 두 눈을 아예 감는다. 돌멩이는 사라졌다. 그러나 감지되는 무게감은 여전히 두 눈두덩을 짓누른다. 사람들은 유쾌하다. 얼마나 기발하고 재미난 인생인가. 낯선 곳에서 잠이 오지 않을 때 가방을 뒤적여 푹신거리는 식빵을 꺼내 머리에 고이고 잠을 청하는 게 죄악이냐 불륜이냐 속임수냐. 찌그러진 식빵 덕분에 사람들이 한꺼번에 큰소리로 웃을 수 있다면 이것은 얼마나 큰 선물이냐. 먹어서 배불러야만 힘이 나나, 웃어야 힘이 나지. 이런 재미도 없다면 여행은 왜 떠나고 왜 나눠먹는가. 최선생은 조심히 눈을 떴다. 방금 전과 똑같이 서서, 손에 똑같이 먹을거리를 들고, 사람들은 이쪽저쪽을 바라보며 웃고 있다. 이상하게도 위협적인 돌멩이는 이제 보이지 않았다. 눈두덩의 무게감도 느껴지지 않았다. 조금 전 최선생이 흘린 과자만이 저만치 흙 위에 외롭게 떨어져 있을 뿐이다. 최선생은 다리를 뻗어보았다. 고통의 추격이 주춤해졌다. 나도 고집이 있다고 했지, 나도 준비하고 있다고 했지, 최선생은 용감해졌다. 지금부터는 쉬운 길만 남아 있음도 알아차렸다. 최선생은 과자를 다시 집었다. 입으로 후후 불어 대충 먼지를 떨어내고는 한입에 다 먹어버렸다. 때마침 그 장면을 본 젊은이 몇사람이 땅거지래요 최선생님은 땅거지래요, 하며 놀렸다. 최선생은 사람들과 함께 웃었다.

최선생은 다시 편안히 누웠다. 바람에 흔들리는 나뭇가지 틈새로 변함없이 험한 산줄기가 조각난 채로 신비하게 나타났다 사라졌다. 제아무리 험한 산이라도 나뭇가지 아래 누우니 겁나지 않았다. 나무는 그늘을 드리워줬고, 노래를 들려줬고, 이야기하도록 마음을 열어줬고, 깨닫도록 지혜를 주었다. 최선생이야말로 여기 이 자리가 마음에 들었다. 여기서는 비를 맞거나 눈을 맞아도 춥거나 초라하거나 슬플 것 같지 않았다. 이 자리에서는 배가 고파도 참을 수 있을 것 같았다. 사냥 나간 아빠도 이런 자리에 편하게 누워 잠이 들었을 거라 여기니 삶의 한 걱정이 저절로 사라졌다. 사실, 사람들 말이 맞다. 가난해도 아빠는 산으로 가지 말았어야 했다. 돌아오지 못할 걸 알고 떠난 거라면 더더욱 옳지 않았다. 하지만 때로 옳고 그름이 삶에 무슨 까닭이 되며 위로가 될 수 있을까. 사람 목숨보다 끈질기게 수백년을 흘러온 노래를 세상이 막을 수 없었듯 하루를 살기에 바쁜 사람들에게 진실이나 거짓, 혹은 세상의 머리싸움이나 교양수작이 무슨 허세며 쇼란 말인가. 사냥을 가서 살아올 자신이 없었던 아빠는 일찍이 한 사람도 없었고, 처자식을 굶기고자 굳이 작정한 아빠도 이제껏 없었으며, 그깟 산짐승이 무서워 배때기를 걷어찰 용기조차 없는 아빠란 도무지 한 사람도 없었던 것이다. 이런 세상이 뭐 대단하다고 사람들은 이름을 날린다, 돈을 모은답시고 날뛰다 몸과 마음에 병만 얻는 것일까. 아빠가 틀렸다고 생각하면 세상이 옳은 거였고 세상이 틀렸다고 생각하면 아빠가 옳은 거였다. 당신은 누구 편인가, 당신이 보기엔 누가 옳은가. 이 세상이 이 지경이 된 게 누구 탓으로 보이는가. 사람들 잘못인가, 최선생 잘못인가, 산짐승 잘못인가, 아빠 잘못인가(딸아, 가난과 폭설을 먼저 벌해다오), 엄마 잘못인가(그러나 딸아, 엄마는 새벽일을 마쳤기 때문에 잠을 자야 했단다) 아니면 겁없이 높고도 험한 저 산을 아우르고도 우주 끝으로 팽창해나가는 우리의 탐욕 때문인가.

"저어, 그 책은 이제 집어넣으세요."

최선생은 두 손을 가슴에 얹으며 말한다. 듣는 이가 무안해하지 않도록 애쓰는 조심스런 말투다. 목소리를 높였던 사람들은 시집을 소리없이 가방에 넣는다. 다른 사람들은 다 먹은 빵봉지에 귤껍질을 모으기 시작한다.

"나는 이 자리가 마음에 듭니다. 다음에도 여기에 누워야겠어요."

다음에도? 사람들은 이 낱말에 숨겨진 뜻을 어쩔 수 없이 받아들이기로 한다.

"전에는 세상에 여러 법칙이 있다고 생각했는데 이제는 그렇지 않아요. 세상에는 한 가지 법칙만 있어요. 만나는 사람마다 다른 법칙을 써서 내 편으로 그들을 끌어올 수 있다고 생각했지만 그건 사기나 마찬가지였어요. 여러 법칙을 능수능란하게 쓰는 사람이 성공한다 생각한다면 정말 세상을 모르고 하는 소리예요. 세상에는 한 가지 법칙만 있어요. 별로 복잡할 것도 없는 세상이었어요. 아아 그런데, 그 책 말이에요, 그 책은 이제 정말 집어넣어주세요."

아직도 미진한 표정으로 최선생의 시집을 뒤적이는 한 사람을 향해 최선생은 또 말한다.

"시골 촌티를 벗고 싶어서 읽지도 않는 책을 끼고 다닌 거예요, 괜히 시를 쓴다고 폼을 잡으면서요. 그래서 그런가, 요새 이런 생각을 하곤 해요. 내가 쓴 시를 내가 땀 흘리며 돌이나 나무에 새겨야 한다면, 그 힘겨운 노동을 참으며 새길 언어가 과연 내 시어에 존재할까. 내 맘에도 새겨지지 않은 시어가 다른 사람들의 맘에 새겨지길 바란다는 건 정말 뻔뻔한 일 같아요. 부끄럽습니다."

최선생은 두 손을 얼굴을 향해 펼치고는 누워서 책 읽는 시늉을 한다. 사람들은 최선생을 위로하듯 웃는다. 최선생도 함께 웃는다.

"오늘로서 옛 노래에 내 슬픔도 덧입혀졌다고 말하면 사람들은 믿을까요?"

사람들은 '사람들'로 남아 애매한 물음에 아무도 답하지 않는다.

"그것만으로도 훌륭한 삶이 아닐까요. 그깟 내가 쓴 시, 그건 깡통이고 열등감의 산물이자 신경쇠약 환자의 푸념이에요. 재활용도 안 되고 파쇄해도 부서지지 않는 순 고물딱지죠."

사람들이 이번에는 으하하 웃음을 터뜨린다.

"분명 내 삶에선 처음 노래였는데 사람들은 옛 노래로 기억하며 따라 부르겠죠. 생각하면 그것도 설레는 일 아니겠어요. 난 정말 여기가 좋아요. 여기에 남겠어요."

사람들은 언제 웃었느냐는 듯 굳은 얼굴로 움직이지 않는다.

"길 잃어버리지 말고 조심히 내려가세요. 동으로 가든 서로 가든, 산 아래로만 가세요. 즐거운 여행이었어요. 그렇죠? 부지런히 내려가 기차를 타면 오늘 저녁밥은 아이들과 같이 먹을 수 있을 거예요. 내 걱정은 말고, 서두르세요 모두들."

사람들은 같이 가요, 하며 최선생 주위로 몰려든다. 최선생은 두 팔을 편안히 뻗으며 눈을 감을 뿐이다. 사람들도 자기들이 내뱉은 같이 가요,란 말의 뜻을 몰라 지금 순서가 헷갈리는 중이다. 우리랑 같이 산 아래로 내려가자는 뜻의 '같이 가요'인지, 아니면 우리도 산 아래로 안 내려갈 테니 우리랑 같이 언덕에 있자는 뜻의 '같이 가요'인지. 그러나 사실 이제는 여기서 헤어져야 된다는 걸 사람들은 알고 있다.

"늘 그랬듯 서로에게 계속 동화책을 읽어주기로 해요. 아이들에게도 정답 없이 강요 없이 읽어주기로 해요. 하지만 이게 거짓말인 게 들통나거든 미루지 말고 아이들에게 진심으로 사과하기로 해요."

사람들은 두고온 아이들을 잠깐도 잊을 수 없었고, 또한 아이들이 자신들을 기다린다는 사실을 한순간도 잊을 수 없었다. 영원히 헤어진 것도 아닌데 사람들은 가슴이 저미도록 안타깝게 아이들이 그리웠다. 어떻게 이렇게 한 존재가 날마다 매순간 새롭고도 사무치게 그리울 수 있는지 사람들은 설명할 수 없었다. 자신들의 부족함과 교활함을 넘치게 감싸주는 아이들의 전폭적인 신뢰를 어른들은 더이상 악용할 수 없었다. 자신들의 흉한 두 얼굴을 더이상 변명할 수 없었다.

밥은 맛있게 먹었니, 오늘 하루는 어땠니, 사랑하는 아이야, 어제의 무거웠던 마음은 좀 가벼워졌니, 떠 있는 해가 저물기 전에 곧 도착하마, 어두워진 골목을 수백 번 서성이는 아이야, 친구와 정직하게 뛰놀며 꼬챙이로 흙을 파고 돌멩이를 모으는 일이 오늘도 즐거웠니, 오늘은 또 무슨 핑계로 개미 가족의 바쁜 길을 막아섰니, 달콤한 초코쿠키를 용감하게 나눠먹었니, 시간에 온전히 몸을 맡긴 채 어른을 기다리는 아이야, 길을 잃지 않고 산 아래로 내려가마, 네가 이미 지쳐 잠들었다면 오늘의 아쉬운 사랑을 모아 내일 더 깊이 나누어도 좋겠지, 삶이 비밀을 거둬가기 전에, 속임수에 꽈당 하고 넘어지기 전에, 아침이 오면 단잠에서 쉬 빠져나오지 못하는 너를 위해 창문을 활짝 열며 옛 노래를 불러주마, 그러면 우리의 새로운 하루는 또 다른 새로운 사랑으로 대답하겠지.

최선생은 벌써 깊은 잠에 빠져 있었다. 그래서 사람들이 건넨 인사에 아무 대답도 할 수 없었다. 잠들었나요? 춥진 않겠어요? 예상하며 준비했던 일 앞에서 사람들은 울지 않았다. 그 나라에서도 옛 노래가 들리나요? 그러나 여전히 아무 대답도 들리지 않았다. 그래요. 그때 마침 누군가 옛 노래를 흥얼거리기 시작했다. 가느다랗게 떨리면서도 어딘가 사람 마음을 편안하게 하는 따뜻한 목소리였다. 사람들도 모두 천천히 따라 부르기 시작했다. 마을로 내려가는 내내 사람들 목소리에는 최선생 목소리도 섞여 있었다. 그러나 사람들은 아무것도 알지 못했고 아무것도 듣지 못했다.

누군가

그런데 바로 그 마르도이인^ 히로이아데스는 그 전날,

한 리디아인^이 아크로폴리스의 이곳에 내려와

위에서 떨어뜨린 그의 투구를

주워 올라가는 것을 보고 이것을 마음에 새겨두었던 것이다.

그리하여 그가 홀로 이곳을 올라가는 것을 보고는

그 뒤를 이어 다른 페르시아군도 따라 올라갔다.

마침내 다수의 병사가 등반에 성공하여

사르데스는 함락되고 시 전체가 파괴됐던 것이다.

　　　　—「크로이소스와 키루스의 대결」, 헤로도토스 『역사』 중에서

## 높은 성城 이야기

옛날이야기를 좋아하는 사람들이 우연찮게 한자리에 모였다. 약속을 정했던 건 아니다. 그들이 모이는 날에는 때마침 비가 내린다. 아마 오늘은 비 때문이었을 것이다. 당신도 올 줄 알았다. 하지만 기다리지는 않았다.

그들은 우산을 털고 들어와 앉자마자 아차, 현관문을 가리키며 중얼거린다. 옛날통닭과 맥주 사오는 걸 깜박 잊었다고. 그들은 옛날통닭과 맥주를 아쉬워한다.

그들에겐 저녁을 대접하지 않아도 된다. 저녁들은 했어요? 하고 물으면 생각없어요, 라고 말할 게 뻔하다. 그들은 손님이 아니다. 하지만 기다렸던 사람들이다. 이야기가 펼쳐질 판이다. 사람들은 거추장스러운 겉옷을 벗으며 편한 자세로 자리를 잡는다. 오늘은 전쟁이야기를 좋아하는 한 사람이 먼저 이야기를 시작한다.

—옛날에, 높은 산 위에 성이 하나 있었대요.

사람들은 각자 영화나 달력에서 본 외국의 어느 오래된 성을 상상한다. 호기심이 넘치는 사람은 바로 검색에 들어간다.

—근데요, 힘센 그 어떤 나라의 군사가 쳐들어와도 그 성을 점령하지는 못했대요. 이유는, 너무 높고 가파른 절벽 위에 성이 있어 아무도 올라갈 엄두를 못 냈기 때문이래요.

사람들은 고개를 끄덕인다.

—그런데 인내심 강한 어느 나라의 장군님이요 보름이 넘도

록 밑에서 포위한 채 그 성을 관찰했대요.

　—보름이나요?

　—그래요, 보름.

　—식량이 모자라지 않았을까요?

　—그러게요. 아무 일도 안 하고 관찰만 하도록 병사들은 가만있었을까.

　—옛날이야기잖아요.

　그들은 전쟁이야기를 시작한 사람에게로 다시 눈길을 돌린다.

　—그러던 어느날, 한 병사가 어떤 소리를 들었대요.

　—어떤 소리요?

　—깊은 밤이었는데요, 나가보니까 절벽 아래 투구 하나가 떨어져 있더래요. 그 철커덕 하는 소리가 이 병사 귀에 들린 거죠. 그런데 살펴보니 자기네 군사 투구가 아니더래요. 병사는 성루 위의 발포대를 유심히 살펴보았대요. 그랬더니 보초를 서던 군인이 안 보이더라는 거예요. 이 병사는 상황을 짐작하고는 재빨리 몸을 숨겼대요. 그랬더니만 정말 한참 뒤에 적군의 군인이 와서 땅에 떨어진 그 투구를 슬쩍 집어가더래요.

　—성 위에서 보초를 보던 군인이었군요.

　휘어진 우산살을 만지작거리던 한 사람이 끼어들었다. 모두들 잠깐 그 사람을 쳐다본다.

　—졸다가 철모를 떨어뜨린 모양이에요.

　—그러게요, 설마 괜히 아래로 내던지진 않았겠죠?

—아무튼 그래서, 그것을 발견한 병사가 이 적군의 보초병을 몰래 뒤쫓아갔대요. 살금살금, 도대체 저 사람은 어떤 길로 저 무서운 절벽을 기어 내려왔을까. 근데 보초병을 따라가다보니까 기적처럼 길이 보이더래요. 사람 몸 하나 겨우 비집고 들어갈 바위틈 사이사이로 길은 계속 나 있더래요. 그래서 이 병사는 보초병을 따라 꼭대기까지 올라간 거예요.

—그래서요?

—그래서라니요, 어떻게 됐을 것 같아요?

사람들은 이제 완전히 둥그렇게 모여 앉았다. 비는 그쳤다.

—절벽을 기어올라 그 성에 다 올라간 순간, 병사는 입을 다물지 못했대요. 천연 요새인 그 성에는 보초병 하나 없더래요. 성 안의 군사며 백성들은 다 고요히 잠들어 있더래요.

—대박.

—게임 끝났군요.

—그래서 그 병사의 지혜와 용감함으로 새벽에 성은 함락되었고, 병사는 용감한 장군으로 칭송받으며 평생 잘 살았대요.

사람들은 뒤로 물러나 앉는다. 이야기는 끝났다. 그러나 그들은 그 순간 그들이 앉아 있는 공간 사이사이로 사람 몸 하나 겨우 비집고 들어갈 틈을 딛고 올라오는 누군가가 있을지도 모른다는 사실에 갑자기 두려움을 느낀다. 조심히 내쉬는 가쁜 호흡이며 아슬아슬한 발끝, 이미 까지고 긁힐 대로 긁힌 그의 처참한 손바닥과 피로 얼룩진 얼굴을 모른 체할 수가 없어 그들은 서로에게 두려움을 호소한다. 병사가 흘린 땀이 그들이 앉은 공간 바로 벽 너머로 다시 후드득 떨어지기 시작한다. 미끄러워, 여기서 떨어지면 모든 건 끝장이야, 끝장.

고치다 포기한 우산이며 흐린 날씨, 늦은 시각, 맛도 못 본 옛날통닭과 맥주. 이것들은 지금 정지된 하루의 끝으로 차츰 다가오고 있다. 업무 중의 적절한 긴장감, 그들이 맞춰줘야 할 여러 약속의 날들, 주간업무계획, 연락이 끊긴 옛 친구 등도 그 틈으로 그들의 목을 옥죄며 조금씩 올라오고 있다. 오늘 하루 중에도 정지의 순간은 있었다. 그쳤다 이어졌다, 아주 짧은 동안일지라도. 그렇다면 지금 당장 확인할 수는 없지만 누군가도, 거의 다 올라왔음에 틀림없다.

　─무서워요.

　─누군가 우리 틈새를 파고 들어올지 몰라요.

　─지킬 게 있었나요?

　─성 안의 사람들 모두가 어리석었다구요.

　─그럼 오늘은 이만 다들 헤어져요.

그들은 모두 헤어진다. '치맥'이나 '소주 한잔', '비오는 날엔 꽃게탕'을 외치는 사람은 아무도 없다. 모두들 그 제안을 기다리면서도 자신이 나서서 외치지는 않는다. 그들은 서둘러 집으로 향한다. 바보들.

　─난 겁을 먹었어요.

사소한 실수나 격정적인 감정의 파동은 물론, 사람들이 떠들어대는 세상의 웃기는 이야기조차 최선을 다해 설명하고 이해시키려 노력하는 사람이 아직까지도 있는 것이다.

　—뭐가 겁난다는 거예요?

　—그냥, 높은 성도 무섭고, 절벽도 무섭고, 틈을 기어올라간 병사도 무서워요. 무엇보다 그 조용한 성이 너무 무서워요.

　지루한 사람이라고 단정짓기엔 이미 친근한 사람, 그렇지만 맹렬하게 날카로운 사람. 당신 주위에도 분명 있다. 그들은 불확실한 것을 그 상태로 즐길 줄 알며, 확실한 것을 의심할 줄 안다. 그들은 숨겨야 할 말은 숨기며, 해야 할 말은 하고야 만다. 왜냐하면 그들 대부분은 외로운 사람들이기 때문에. 그 사람의 이름은 김영태일 수도 있고, 박미숙일 수도 있고, 이춘식일 수도 있다. 그들은 세상이 자신들을 주목하지 않는다는 사실에 별 불만이 없다. 이리하여 세상은 영태나 미숙이 춘식이 같은 사람들 때문에 유쾌하다. 이들에게는 무엇보다 악의가 없으니까, 발 빠르질 못해 손해를 보지만 잃은 것을 오래 탓하지 않으니까, 그들에게는 공통적으로 인정이 많고, 의리는 무궁무진하니까.

　—내가 엉망진창인 걸 사람들이 알아챌까요?

　—그게 이유란 말이죠? 난 차라리 누군가 내 성에 들어와 나를 이겨주면 좋겠어요.

　—난 마음놓고 엉망이 될 수 없어서 앞으로 불행해질 거예요. 자주 그런 생각이 들어요.

## 불꽃놀이

밤이 되면 어른 아이 할 것 없이 개천가로 모여드는 동네. 한 가로이 강아지와 함께 산책을 할 수도 있고, 헛둘헛둘, 허연 메리야스 차림으로 달리기를 할 수도 있는 동네. 세발자전거가 무질서하게 오가고 소주병이 나뒹굴어도 큰소리는 나지 않는 동네. 서울시 지도 어느 언저리엔가 이 동네는 숨어 있다. 손가락으로 그 동네를 짚어보면 당신의 손톱 끝은 경기도에 닿아 있을 것이다. 왕조 시대의 이름없는 후궁이 잠들어 있는 묘도 이 동네 가까이에 있다. 그 후궁은 그다지 예쁘지 않았을 것이다. 그래서 그녀의 묘는 조그맣게 지어졌을 것이다. 그녀가 죽었을 땐 후원의 잡초들만 슬퍼했을 것이다. 그러나 외로운 넋인들 이 불꽃놀이에 반하지 않으랴.

매혹의 화약이 터질 때마다 어느 집에선 밤참을 먹는다. 찐만두나 국수가 좋겠다. 옆집에선 자다 깬 젖먹이를 어르고 달래느라 젊은 부부가 자장가를 지어 부른다. 그 뒷집에선 아무 생각 없이 책상에만 앉아 있는 열다섯살 아이들이 인터넷 게임에 목숨을 건다. 윗집에선 발 닦고 이빨 닦은 중년의 부부가 마감뉴스를 틀어놓은 채 코를 곤다. 온 동네에 울려퍼지는 겁없는 비상의 소리, 그리고 곧이어 흩어지는 아련한 추락의 소리. 여운이 가시기 전 두 눈 속으로 파고들어 오늘 밤 당신의 꿈속에서 뭔가를 암시할 소리, 들어본 적 없다고 거짓말하는 사람에게 오히려 등 돌리지 않는 자상한 소리, 잠들기 전까지 당신이 서성인 생각의 자리에서 하루의 고됨을 어루만져주는 소리.

뤼우웅 푸흐크우으욱프흐.

이곳은 하늘과 골목이 불꽃으로 수놓아지는, 당신이 살고 있는 곳에서 가까운 동네다. 혹, 이곳은 당신의 옛 애인이 살던 동네일지도. 어느 골목에선가 당신이 몰래 눈물을 닦고 코를 풀었던 사연 많은 휴지를 한바가지 버리고 온 동네일지도.

하루는 전체적으로 최악이었고, 쉽사리 잠도 안 올 것 같다. 그런 밤이면 박미숙은 부엌으로 다시 나온다. 혼자 소주를 먹는 버릇은 작년에 겨우 버렸다. 그러나 후회될 뿐이다. 박미숙에게 있어 달라진 건 하나뿐이다. 즐거움을 애써 버리고 난 후 더욱 말이 없어졌다는 사실 하나.

한밤중에 물을 끓인다. 혼자지만 라면을 한 개만 끓여본 적은 없다. 두 개가 기본이다. 밤은 깊어간다. 그런데 박미숙은 라면을 끓이는 지금 이 순간이 몹시 괴롭다. 사실 박미숙은 라면을 별로 좋아하지도 않는다. 잠이 오지 않는다는 이유로 그 싫은 라면을 혼자서 그것도 두 개나 먹어야 한다는 게 말이나 되는가.

이런 밤엔 **누군가** 박미숙 옆에 있어줘야 한다. 같이 라면을 후루룩거리며 누군가는 박미숙에게 말을 걸어야 한다.

누군가

―그래, 오늘은 어땠어요?

―매일 똑같죠, 뭐.

소중한 질문을 받은 박미숙은 이미 배가 부르다. 그래도 후루룩, 후루룩.

―라면을 짜지도 싱겁지도 않게, 쫄깃하게 잘 끓이네요.

―같이 먹으니 맛있게 느껴지는 거죠.

박미숙은 행복할 것이다. 당신도 생각을 조금만 바꾸면 그녀의 마음을 엿볼 수 있다. 당신이 원했던 사람도 박미숙이 원했던 사람과 다를 게 없다. 라면을 먹으며 오늘 어땠어요, 라고 물어보는 사람은 당신 앞에 쉽게 나타나지 않는다. 생각해보면 당신도 오늘 어땠어요, 라고 누군가에게 먼저 물은 적 없다. 그렇다면, 당신의 하루 하루는 날마다 똑같은 정도가 아닐 것이다.

―늘 혼자 먹었거든요.

―전부터 나도 같이 먹고 싶었어요.

―진작 놀러오지 그랬어요.

―날 싫어할 줄 알구요.

힘을 얻어 아무에게도 하지 않았던 이야기를 박미숙은 자연스럽게 털어놓는다.

―저어, 오늘 나도 내 입장을 상사한테 말했어요.

―뭐라던가요?

박미숙은 잠시 망설인다. 내가 왜 지금 이 이야기를 처음 본 누군가에게 하는 건지. 그리고 각자 또 후루룩, 후루룩.

　—그 사람, 일단 내게 좋은 점이 많다고 칭찬부터 하더군요. 역시 여우예요.

　—어떤 면이 좋다던가요?

　—조직적인 행정업무 능력이 있대요, 기획력도 좋고.

　—근데 뭐가 문제라는 거죠?

　—전문가 집단은 건드리지 말래요. 우리는 그들을 지원해주는 사람이지, 그들에게 명령 내리는 사람이 아니라고.

　누군가는 상체를 숙여 박미숙의 얼굴을 가만히 들여다본다. 누군가의 시시각각 변하는 눈동자 빛을 보며 박미숙은 다음 말을 할까 말까 망설인다. 누군가는 하고 싶은 말은 따로 있잖아요,라고 따지듯 박미숙을 바라본다.

　—날 자세히 보지 마세요.

　—왜요?

　—되게 못생겼어요.

　누군가는 하하 소리 내서 웃는다.

　—그래서, 되게 못생긴 당신은 뭐라고 했나요?

　—그들이 전문가긴 하지만, 가장 편협하다고 말했어요. 우리의 의도를 왜곡시키는 사람들이라고. 그 점을 인식시켜줘야 하는 게 우리라고, 아니 정확히, 바로 나라고.

　박미숙의 말이 끝나는 순간 누군가는 부엌 쪽으로 얼굴을 돌린다. 다음 말은 하지 않겠다, 박미숙은 누군가의 눈길을 피해 다짐한다. 중요한 말도 아니다, 조금 어리둥절했을 뿐이다, 누구에게나 있을 수 있는 일이다, 잘잘못을 가려보자는 생각부터 틀렸다, 나는 분명 나에게만 유리하도록 말할 것이다, 단지 쪽팔림을 너무 두려워했을 뿐이다, 오늘은 아니다.

—저 소리 듣기 좋아요?

누군가는 허공을 가리킨다. 박미숙은 그제야 주위 소리에 귀를 기울인다.

—아 불꽃놀이요? 나는 저 소리가 안 들리면 잠을 못 자요.

—아뇨, 그 소리 말구요.

누군가는 정확하게 개수대 쪽을 가리킨다.

—저거 말이에요.

—아 수도꼭지요? 너무 오래돼서 그래요. 꽉 잠가도 마찬가지더라고요. 고쳐야 하는데, 시간도 없고, 사람 부르기도 귀찮고, 나는 할 줄도 모르고…….

박미숙은 갑자기 미안한 표정으로 웃는다.

—우리 대화에 방해가 되나요?

—아뇨. 그게 아니라, 내가 고쳐줄까요?

—나랑 얘기하는 게 싫으세요?

—아뇨. 내가 할 줄 아는 일이라 도와주고 싶어서요.

—고칠 줄 알아요?

—그럼요. 공구 있죠?

박미숙은 현관 옆 수납장으로 가면서 신기한 누군가의 옆모

습을 눈치 못 채게 힐끔거린다. 머리가 아주 길어 보이지만 다
시 돌아보면 어느새 짧은 커트로 변해 있다. 수납장을 열어 공
구통을 찾으며 다시 돌아보자 고집스럽게 턱이 각진 성인 남
자로 변해 있다. 하지만 공구통을 선반에서 꺼내는 찰나 누군
가는 양 갈래로 머리를 묶은 귀여운 초등학생이 되어 졸음에
겨운 하품을 늘어지게 하고 있다. 이상하다. 한걸음씩 조심히
다가가니 이번엔 중학교 시절 만났던 물방울 원피스의 상큼한
교생 선생님으로 변한 채 박미숙을 바라보며 웃고 있다. 하지
만 박미숙은 확신할 수 있다. 이건 모두 누군가의 한 얼굴이다.
정말 이 모든 존재가 바로 한 명의 누군가다. 확신의 근거가 무
엇이냐 묻는다면 논리적으로 말할 수는 없다. 하지만 누군가의
내면은 그 모든 외양을 내포하고 보듬은 채 동일하게 친숙한
어떤 한 존재다.

　재주가 많죠, 그럼 잘 고칠 수 있겠죠, 이 공간의 고장난 모
든 것들을 고쳐줄 수 있겠죠? 내 마음도 고쳐줄 수 있겠죠?

　─상수도관 잠그거나 하는 거 아닌가요?

　박미숙은 돌아와 딴청 부리며 말한다.

　─꼭지 새는 거 고칠 땐 그럴 필요 없어요.

　드라이버로 누군가는 찬물 손잡이의 핸들을 뺀다.

　─아, 고무패킹이 없지.

　─괜찮아요. 다음에 사람 불러서 고칠게요.

　─기다려봐요. 집에 가위 있죠?

박미숙은 잽싸게 방으로 가 가위를 찾아들고 온다. 누군가는 가위를 받아들고 현관으로 간다. 현관 앞에 쭈그리고 앉아 엉뚱하게도 자신의 시커멓고 긴 고무장화를 살펴본다. 요리조리 살펴더니 드디어 종아리 부분의 고무를 끙끙거리며 동그랗게 오려낸다.

—신발 망가지잖아요!

—이제 됐다.

누군가는 벌떡 일어난다.

—따라와요.

박미숙은 누군가를 졸졸 따라간다.

—왜 이 생각을 진작 못했지. 고무패킹보다 훨씬 좋은 자재를 놓고.

누군가는 낡은 패킹을 뺀다. 이어서 자신의 장화에서 오려낸 고무를 패킹 크기에 맞게 잘라낸다. 박미숙은 누군가의 가위질하는 손짓이며 힘을 주는 입모양을 소리없이 바라본다. 누군가는 새 패킹을 끼워넣는다. 손잡이 핸들을 다시 고정시킨다. 한 발짝 뒤로 물러난다.

—물 틀어봐요.

박미숙은 개수대로 가 찬물을 틀어본다.

—이제 잠가봐요.

시키는 대로 잠가본다. 힘을 주어 잠그지 않았는데도 물방울 떨어지는 비슷한 소리 하나 안 들린다.

―세상에, 감쪽같군요.

　―별거 아니거든요.

　―어떻게 이렇게 쉽게 고치죠?

　누군가는 주저앉아 말없이 공구를 챙긴다. 재주가 많을지도 모르고, 자상할지도 모르고, 젊었을지도 모르고, 늙었을지도 모르고, 머리가 길지도 모르고 짧을지도 모를 누군가. 긴 고무 장화를 신고 비오는 거리를 걸어다녔을, 그 장화의 고무를 오려 수도꼭지 패킹으로 사용할 줄 아는, 그리고 별 것 아닌 거라도 상대방을 기꺼이 도와주는. 그녀에겐 떠오르는 말을 정리할 여유가 없다.

　―불편하지 않을까요?

　―네?

　―앞으로 뭔가가 고장날 때마다 라면을 끓여놓으면 되나요?

　누군가는 일어나 두 손을 청바지 뒷주머니에 넣는다. 누군가는 수도꼭지만 바라본다. 입을 꼭 다문 채 아무 말도 안 한다.

　―나에겐 손재주도 없고, 말재주도 없지만, 다시 꼭 초대할게요.

　―좋아요. 라면 먹으러 또 올게요.

　누군가와 박미숙은 동시에 싱겁게 쿡쿡 웃음을 터트린다.

　―그럼 안녕.

　누군가는 현관으로 향한다. 박미숙은 누군가의 팔을 잡고 놀라서 따라간다. 저기 저기, 박미숙은 누군가가 나쁜 사람이 아니라는 걸 확신한다. 그렇지만 자기 자신은 의심한다. 누군가는 수도꼭지를 고쳐준 사람이며, 자신이 끓인 라면을 맛있게 먹어준 사람이다. 물론 누군가는 먹성이 좋은 사람일 수도 있다. 도와주는 걸 즐기는 사람일 수도 있다. 그렇지만 박미숙은 뭐라 설명할 수 없는 이런 순간엔 자신을 의심한다.

―저기, 지금은 나랑 동갑내기 정도로 보여요. 방금 전엔 영락없는 할머니였는데요.

―그래요? 나는 아마 매 순간 당신이 생각하는 어떤 사람일 거예요.

누군가와 박미숙은 걸음을 멈춘다. 박미숙은 차렷 자세로 입을 벌린다.

―잠깐만, 부탁이 있어요.

누군가가 뒤돌아본다. 당신의 진심은?

―불꽃놀이 좋아해요? 구경 갈래요?

푸우웅 푸흐크으우욱, 마침 저 멀리서 불꽃이 터진다. 세상 반대편 어딘가로 향한 불꽃임에 틀림없다. 꺼져가듯 사라지다 어딘가에서 다시 살아날 불꽃.

―참, 신발을 망가뜨려서 어떡해요. 내가 새 것으로 사드릴게요.

―밑창만 멀쩡하면 돼요.

누군가는 두 다리를 번갈아 들어 보이며 가볍게 말한다.

―우산 없이 왔죠? 내 우산 쓰고 갈래요?

누군가는 신발장에 슬쩍 기대며 대답한다.

―비는 아까 그쳤어요.

박미숙은 고개를 끄덕인다.

―나에게 하고 싶은 말을 해요.

누군가는 드디어 문고리를 잡는다.

―문 열고 나가기 전에 해요.

순간, 박미숙은 떠밀리듯 현관으로 내려간다. 여기까지는 힘들게 왔지만 다음부터는 쉬울 거라고, 누군가의 뒷모습이 말해준다.

―바쁘세요?

누군가는 아무 대답이 없다. 박미숙은 한발짝 다가가 누군가의 옷자락에 손을 댈까 말까 망설인다. 바로 그 찰나 누군가가 말한다. 여전히 문고리를 부여잡은 채.

―다음엔 내가 대접할게요.

박미숙은 아무 말도 하지 않는다. 드디어 누군가가 뒤돌아본다. 박미숙은 한마디로 설명이 되지 않는 누군가의 얼굴을 바라본다. 심각하게 바라보지 않아 더욱 매달리고 싶은, 장난을 쳐도 될 만한, 왜냐고 묻되 이미 다 알고 있다는 눈빛을 보낼 줄 아는, 걱정 말라는 위로의 웃음으로 말할 줄 아는, 하고픈 말을 숨기느라 수다스러워진 당신을 안쓰럽게 바라보는, 오늘 당신에게 일어난 일로 당신보다 더 마음 아파하는, 누군가.

―생일 축하해요.

누군가가 말을 마치자마자 박미숙의 눈시울은 붉어진다.

―역시, 다 알고 찾아왔군요, 그랬군요.

## 태어남

우리는 물 위에 누워 있던 사람들이다. 위험하진 않았을 것
이다. 넓은 터에 나 혼자 있었을 테니. 그 안에 있을 때는 한번
도 내가 보잘것없었던 적이 없다. 당신이 그랬듯 나도 그랬다.
우주 속에서는 먼지 한 알갱이라도 신비다. 그것들은 모두 비
밀이다. 당신과 나도 먼지 한 알갱이였을 것이다. 그러나 누구
도 우리를 해치지는 못했을 것이다. 우리를 기다렸던 사람들은
이보다 더 큰 신비와 비밀을 겪어보지 못했다. 그들은 합리적
인 사람들이었다. 그러나 어쩔 수 없지 않은가. 그들은 적어도
열 달 동안은 불투명한 것과 불명확한 것에 끝없는 동경을 표
했을 것이다. 어쩌면 숭배했을지도 모른다. 우리는 길을 잃지
않는 지혜로움으로 그들을 감동시켰다. 우리는 떠나야 할 시간
을 정확히 판단해, 내 몸은 물론 내 몸을 지켜주었던 모체를 지
켜주는 용감함도 발휘했다. 세상에서 가장 강인하고 질긴 근육
의 힘을 발휘하여 우리의 우주였던 모체도 우리를 도왔다. 우
리는 얼마나 그리워했던가. 그녀들이 들려주던 세상의 소리들,
노래들, 이야기들. 그녀들은 울기도 했고 무서워도 했지만, 우
리를 안심시키는 기도만큼은 절대 잊지 않았다. 아, 따뜻한 물

위로 울려퍼지던 빛나는 기도의 물결들, 그리고 경건한 흐느낌들. 그들이 꿈꿨던 열 손가락과 숭숭한 머리털, 믿기지 않는 오장육부로 우리는 그들을 희열에 차게 했다. 우리가 처음 세상에 나온 순간에는 감히 우리 힘으로 그들을 착한 사람으로 변화시켰다. 생명의 양식과 포근한 안식처를 제공한 그녀들의 품 안에서 우리는 감개무량한 울음으로 세상을 향해 첫인사를 날렸다.

이렇듯 열 달 동안만큼은 아무도 우리에게 공격을 가하거나 우리를 우습게 볼 수 없었다. 아무도 우리를 초보자라 놀릴 수 없었다. 소속을 바꾸고, 비누로 몸을 닦고, 벌거벗었던 몸에 저고리를 걸치고 겉싸개를 두른 채 딴에는 사람인 척해도, 우리는 오히려 우주의 별이었다. 우리에게 남아 있는 시간 동안 우리는 우리의 우주에서 살았던 열 달을 완벽하게 그려낼 수 없다. 그 안에서 무슨 일이 있었는지 기록하지 않은 죄, 작은 거 하나라도 기억하지 못한 죄, 별로 남게 해달라고 기도하지 않은 죄. 여기까지는 공평한 것이다.

그러니 당신에게 생일 축하한다고 사람들이 외칠 때마다 당신은 한편으론 초라해질 수밖에 없다. 지은 죄가 많기도 하여라, 그래도 나는 한때 우주를 유영하던 제 갈 길을 아는 별이었는데. 일 년에 한 번씩만 기억해도 그 사실은 쓰라린 상처인 것이다.

생일이라고 사람들과 어울려 술을 마시고 노래를 부르고 춤을 추다 늦게 집으로 돌아가는 사람의 뒷모습을 볼 때마다 그들의 초라함에 마음이 쓸쓸해진다. 당신이 내 뒷모습을 보았을 때처럼, 내가 당신의 뒷모습을 보았을 때처럼. 집으로 돌아가 오늘밤이라도 부디 편히 쉬길.

이제부터는 불공평한 세계로의 입성이다. 태어남 이후로 우리가 깨달은 건 한 가지뿐이다. 세상이 여러 지혜를 가르쳐준 것처럼 보이지만 그것은 속임수일 뿐이다. 세상은 우리에게 부족함만을 가르쳐주었다. 당신이 이것을 처음 알았을 때, 자신의 이름이나 겨우 쓸 줄 아는 나이였다면 운이 좋았다. 세상을 거의 마감하기 직전이었다면 차라리 속편했겠다. 그러나 숙덕이는 바람을 경계하던 시절에 그 사실을 깨달았다면 쉽지 않았겠다.

그리하여 박미숙은 앞으로 쉽지 않을 것이다. 박미숙은 그 사실을 알고 난 후 위로받고 싶었다. 그러나.

ㅡ엿먹.

박미숙은 집으로 가는 길에 혼자 만두국을 사먹거나, 잠이 들 듯한 순간이나 깰 듯한 순간에, 혹은 라면을 끓여먹다 불꽃놀이 소리가 유독 크게 들릴 때마다 그 말을 떠올리지 않을 수 없어 두통약을 늘 주머니에 넣고 다녔다.

박미숙은 그 말을 내뱉은 사람을 잊지 못한다. 자신의 생일이었던 어제도, 갑자기 묻고 싶은 게 많았던 오늘 아침도, 끔찍할 만큼 생생했던 시계 초침소리도, 늘 재밌게 듣던 팟캐스트

진행자 목소리도 오늘은 모두 약속이나 한 듯 박미숙을 수치스럽게만 하는 이유를 알 수 없다. 그러니 자신의 연애가 상스럽게 끝날 수밖에 없었던 이유에 대해선 더욱 숨기고 싶은 것이다.

어차피 당신도 잊은 척할 필요는 없다. 당신이 강가를 걷고 있을 때 바람은 뒤따라가고 있었다. 그 사실은 오래전 일이 아니다. 풍경의 비밀을 완성한 바람은 한번도 뒤돌아보지 않은 사람만을 더욱 끈질기게 따라간다. 결국 당신의 삶은 언제나 예외였다고 한탄하겠지만 기회는 있었다. 바람은 초라해도 상관없다고 충고하고 있었다. 바람은 되짚어갈 이유도 없는 길을 돌고 돌며 같은 말을 전했다. 책임감 있는 바람. 당신은 그때 초라했다. 그것을 감추기 위해 갖은 애를 다 썼다. 그러나 우리가 보기 좋게 당하던 순간이라도 부끄러워할 이유 따위는 없었다. 당신은 벙어리였다. 박미숙도 입을 열지 못했다. 수치스러워 거의 공포스러울 지경이었다.

박미숙은 '엿먹'이란 말을 들었을 때, 이렇게 말하고 싶었다.

—역시 넌 그 정도야.

전에도 여러 번 이 말을 하고 싶었다.

—너를 만난 이후로 난 사나워졌어. 넌 나를 짜증나게 해.

어제는 무엇보다도 박미숙이 태어난 날이었다. 형편없는 사람을 사랑했다는 사실을 그녀는 자신의 생일에 발견했다. 어제는 아주 안 좋았다. 박미숙은 안타깝게도 욕을 할 줄 몰랐다.

상황에 맞춰 적절하게 내뱉을 수 있는 몇가지 더러운 말들조차도 박미숙은 몰랐다.

박미숙은 누군가에게 자신이 당했던 일을 다 말해줄 생각이었다. 수도꼭지만 새지 않았어도 앞뒤 없이 누군가에게 털어놓았을 것이다. 물론 누군가는 다 알고 있었을 테지만.

─왜 나한테 욕해?

그러나 박미숙이 최대한 화를 내서 내뱉은 말은 이것으로 끝이었다. 씨발 운운하는 따위의 말을 만날 때마다 들은 후에야 내뱉은 말치고는 심하게 약했다. 그런데 떨리는 입술을 어쩔 수가 없어 손바닥으로 입을 틀어막기까지 했다. 당신과 같지 않다고 그녀를 어리석다고 흉보지는 말자. 당신의 울화가 불현듯 치밀어오른다 해도.

─왜 내가 연대보증을 서야 돼?

─넌 우리 회사 전무니까.

─왜 내가 니네 회사 전무야.

박미숙은 이때까지만 해도 그를 사기꾼이라고 생각하진 않았다. 지금이라도 늦지 않았다. 다정한 목소리로 미역국은 먹었니,라고 물어봐줄 단 한 사람이라고 그녀는 믿어 의심치 않았다.

─우리는 곧 결혼할 테니까.

이미 박미숙의 두 눈에는 눈물이 고여버렸다. 필요하면 조건부로 내거는 결혼 때문에라도 슬펐을 것이다, 판돈을 걸듯 결혼을 무기 삼아 휘두르는 남자를 사랑했다는 사실이 슬펐을 것이다. 자신이 모아놓은 돈 천오백을 빌려준 때부터 그를 무시하게 된 것도 슬펐을 것이다. 차라리 무시까지만 했더라면.

—왜 내가 너랑 결혼해?

—트럭 다섯 대일 뿐이야. 형식상 필요하니까 그런 거 아니냐구.

—누굴 허수아빈 줄 알어.

—할 말 있으면 해봐.

박미숙 눈에는 당당한 척하는 상대방이 처음으로 불쌍해 보인다. 제대로 공격해야 할 만큼 그가 중요한 사람이었던가.

—연대보증 서게 하고 전무 퇴임하게 하면 내가 아무것도 모를 줄 알어.

—니가 뭘 알고 있는데.

—니네 집안사람들이 다 그렇게 당했어.

—입 닥쳐.

박미숙의 입은 순간 자동적으로 닥쳐진다. 말이 나오지 않는 순간을 처음으로 당해본다. 그러나.

—퇴임하면 뭐해. 연대보증 섰다는 사실은 해제되지 않아. 그 절차를 니가 밟아주질 않는다고. 아주 무서운 사람이야. 법적으로 대응할 만한 돈도 없고 수완도 없는 사람만을 상대로 전무직을 주는 유령회사. 내가 4년 5개월 동안 지켜본 걸 다 말해볼까.

―맘대로 지껄여.

―너는 돈이 없을 때마다 전무를 갈아치워.

―제법인데.

―그래서 형제끼리도 적이 되는 집안이야.

―미쳤구나.

―니 눈에는 할부금 전액을 내가 얌전히 갚아줄 사람으로 보였니?

―만만해 보였으니까.

―너 아닌 다른 사람들은 눈 없고 귀 없어?

―너 정도라면 요리할 만했거든.

―제발 이제부터라도 정신 차리고 살아.

―이게 어디서, 씨발, 엿먹!

오늘도 누군가를 만날 수 있을까, 박미숙은 생각해본다. 이것만이 그녀를 위로해줄 수 있는 유일한 생각이다. 누군가는 오늘도 찾아올까, 나와 함께 오늘도 라면을 먹어줄까, 고장난 것들을 고쳐줄까.

그러나, 박미숙이 누군가를 사랑하는 것은 아직은 아니다. 누군가도 그 사실을 알고 있을 것이다.

누군가는 이렇게 되물을 수 있다.

―당신은 아무에게도 말할 수 없는 것들을 내게는 다 얘기하면서, 왜 나를 사랑하지는 않나요?

누군가를 궁금하게 한 사람은 솔직히 대답해야 한다.

―미안해요.

그러나, 이것은 질문의 핵심을 이해하지 못한 사람의 답변이다.

―내가 이기적이라서요.

욕심이 지나치기 때문에 늘 실패한다는 것조차 알지 못하는 사람의 경우다.

―당신은 대용품이었어요.

이런 경우엔 말하기 전에 두 번 생각할 능력이 없는 사람일 가능성이 높다.

―아무나면 어때요.

이 사람은 '아무나'와 '누군가'를 가리지 못하는 사람이다. 타인을 순식간에 자신의 편으로 만들 수 있다는 황당한 자신감에 사로잡힌 사람. 당신은 아무나와 인사해도 괜찮다. 친절해도 상관없다. 그러나 누군가와는 길을 같이 걸어야 한다. 천천히 쉬엄쉬엄 걷는 게 좋겠다. 당신은 아무나와 우스갯소리를 주고받을 수 있다. 당신은 아무나 보고 웃어도 상관없다. 아무나가 당신을 웃겨도 상관없고 당신이 아무나를 웃겨도 상관없다. 그러나 누군가와는 계획하지 않고 웃어야 한다. 웃을 거리가 없어도 웃음이 나와야 한다. 당연하지 않은가. 당신은 누군가를 사랑하고 있다. 누군가도 당신을 오래전부터 사랑하고 있다.

―라면 맛있었어요?

지친 박미숙이 묻는다.

―그럼요.

누군가

—거짓말할 줄 알아요?

—필요할 때 적당할 만큼은 할 줄 알아요.

—내가 당신을 속일 거라 생각해요?

—그럴 수도 있죠.

—근데 왜 나를 피하지 않죠?

—속아주고 싶으니까요.

누군가의 대답 이후로 풀어헤쳐진 침묵 덕분에 박미숙은 위로를 얻는다. 어느 시절부터 지켜온 침묵일까.

—그럼, 오늘의 나는 몇점이나 얻을 수 있나요?

박미숙은 가슴에 두 손을 얹고 누군가에게 조용히 묻는다.

당신에게 떠오른 그것을 기다리던 사람에게 서슴없이 전해줄 시간이다.


## 기다림

드디어 탁상달력 한 장을 넘긴다. 11월. 날짜라고 불리는 숫자를 하나 하나 짚어본다. 이렇게 숫자가 그려진 표가 깔끔히 인쇄된 종이를 아무생각 없이 넘기고 넘기다보면 한 해는 끝난다. 이제부터가 위험한 순간이다. 부정적이고 불길한 감정은 멀쩡하던 모든 걸 반대로 뒤집어놓는다. 그 감정에 휘말리면 어떤 것에도 안정감은 없다. 그 터무니없는 무너짐의 속도란.

회사를 그만둘까. 그 후에는 어떤 방법으로 일을 찾을 수 있을까. 이런 생각을 하다보면 자신이 아무짝에도 쓸모없는 사람이라는 자괴감에서 쉽게 벗어나질 못한다. 그러니 헛되이 흘려보내는 시간과 앞으로의 매 끼니까지를 걱정하는 게 일이다. 왼쪽 눈이 늘 충혈된 채로 있다. 컴퓨터 때문만은 아닌 것 같다. 생각해보니 왼쪽 시력이 점점 나빠지는 것 같기도 하다. 내 왼쪽 눈이 서서히 실명되는 건 아닐까. 박미숙은 멀쩡한 눈 위에 두 손을 얹고 조심조심 문지른다. 안 돼, 안 돼. 날마다 머리카락이 가닥이 아닌 뭉치로 빠진다. 머리를 빗을 때나 머리를 감을 때마다 박미숙은 자신의 머리카락에 무슨 일이 생겼는지를 궁금해하며 두피마사지에 열중한다. 머리카락은 빠졌다 났다 하는 거야, 주위에서 타일러도 불안하게 머리를 감싼다. 머리카락은 말없이 빠진다. 불치의 병이 있는 건 아닐까. 내게 시간이 얼마 남지 않은 건 아닐까.

이런 밤에는 박미숙이 까맣게 잊고 있는 길을 알려줄 사람이 필요하다.

—그 길 말이에요.

박미숙은 고개를 돌린다. 누가 나에게 말을 걸었을까.

—아,

박미숙은 입을 벌린 채 말을 잇지 못한다.

—안 잤군요.

—올 줄 알았어요.

누군가는 고개를 살짝 숙이며 인사를 건넨다. 박미숙은 몸을 날리듯 다가가 누군가의 손을 그만 덥석 움켜쥔다. 누군가

는 전보다 근사한 옷을 입고 나타났다. 그 사실이 그녀의 마음
을 즐겁게 한다.

—날 손님 대접하진 마세요.

박미숙은 누군가를 안으로 이끌며 대답한다.

—손님 같지 않아요.

—그럼 뭐 같아요?

누군가가 묻는다.

—지금은 레드카펫 위의 근사한 배우 같아요. 계속 그 모습
이면 정말 난 말하다 말고 까무러칠지도 몰라요. 금발이 기가
막히게 어울려요.

그들은 하하 웃으며 식탁에 앉는다. 박미숙은 수도꼭지를 가
리켜 보인다. 누군가도 귀 기울이는 표정으로 수도꼭지를 바라
본다. 그들은 마주보고 만족한 듯 소리없이 웃는다. 박미숙은
이번에는 우산을 받쳐 쓰는 시늉을 한다.

—비는 조금 전에 그쳤어요.

—그래요, 오늘은 어땠어요?

드디어 박미숙이 먼저 묻는다. 누군가는 박미숙을 향해 웃는
다. 전염된 말투와 대사를 용감히 사용한 박미숙도 웃는다.

—매일 똑같죠, 뭐.

이번에는 누군가가 박미숙을 흉내내며 대답한다. 서로 눈길
을 피하며 피식 웃는다.

—덕분에 고마워요.

―뭐요?

―수도꼭지요.

그 순간 누군가가 꾸러미에서 뭔가를 부스럭거리며 꺼낸다.

―요 앞에서 샀어요. 붕어빵 좋아하세요?

―아, 난 사실 붕어빵 중독자예요.

박미숙과 누군가는 큭큭 웃으며 서로에게 하나씩 건넨다.

―어려서 한때 부모님이 붕어빵 장사를 했거든요.

―그럼 그때부터 붕어빵 중독증세가 나타났나요?

누군가는 머리부터 먹으며 괜히 정색을 하고 묻는다.

―그렇다고 봐야죠. 사실 왕년에 아빠는 수리공이었고 엄마는 미싱사였대요. 참, 엄마는 기계보다도 더 정교하게 단춧구멍을 잘 만들어서 업계 용어로 미쓰 큐라고 불렸대요. 양복 단춧구멍을 전문적으로 만드는 큐큐 미싱에서 따온 별명이었다니, 말 다했죠.

―두 분 다 재주가 좋으시네요.

―근데 딸은 아닙니다. 그리고 수리공과 미싱사는 그들의 딸까지 수리공이나 미싱사가 되길 바라진 않죠.

박미숙은 붕어빵 꼬리부터 한입 깨물며 말한다. 달달한 팥앙금을 음미하며 누군가의 모습을 눈여겨본다. 이상하다. 누군가는 정말 변하지 않는 누군가다. 함께 있으면 확실히 알 수 있다. 하지만 얼굴과 눈빛과 머리카락과 몸은 볼 때마다 새로운 누군가다.

누군가

─갑자기 당신 얼굴이 술취한 우리 아빠 얼굴로 변했어요.

누군가는 어깨를 움츠리며 살짝 고개를 끄덕인다. 박미숙은
알고 있다. 술취한 아빠는 늘 같은 말만 했다는 것을.

─아빠에게 골백번도 더 들은 얘기가 있는데, 듣고 싶어요?

누군가는 고개를 끄덕인다.

─아빠가 고향을 떠나오던 날 밤 이야기인데요. 서울로 올
때, 가장 슬펐던 이유가 시골 고향에서 같이 일 배우던 어떤 형
때문이었대요. 근데 지금은 그 형 이름도 가물가물하네요. 김
영태인가? 이춘식인가?

박미숙은 갑자기 뭔가가 생각난 듯 재빨리 냉장고로 가 문
을 열고 안을 뒤적거려본다.

─참, 내 정신 좀 봐. 음료수라도 드릴게요.

─붕어빵이면 충분해요. 그냥 이리 와요.

박미숙은 식탁으로 다시 와 앉는다.

─그래서요? 그 형이랑 어떻게 헤어졌는데요?

─아, 아빠 이야길 하다 말았죠. 그러니까 그 형이랑은 아
주 싱겁게 헤어졌대요. 새우깡과 소주 한 병을 사들고 형이 살
던 집 문간방으로 찾아갔대요. 나 내일 서울로 떠난다, 잘 있어
라, 돈 많이 벌어서 꼭 내려오겠다, 아빠가 그렇게 말했대요. 형
은 담배를 피우며 텔레비전을 보고 있었는데 그냥 알았다고만
하더래요. 서운하고 답답한 마음에 아빠가 신발을 벗고 방으
로 들어가려니까 형이 밖으로 나오더니 이렇게 말하더래요. 너

와 나는 다시 만날 것이다, 너와 헤어진다고 생각하지 않는다, 난 절대 마지막이라는 말을 쓰지 않는다, 네가 고장난 것들을 고치는 한 우리는 다시 만날 것이다, 서울로 가서 배운 기술 잘 써먹길 바란다, 언제나 좋은 기술자로 살길 바란다, 나는 지금 새 애인을 만나러 가야 한다, 새우깡과 소주 고맙다, 너는 재주가 좋다, 그렇지만 서울은 눈 뜨고 코 베어간다는 곳이니…….

박미숙은 입을 다문다. 누군가는 슬퍼 보이는 얼굴이다. 집안은 조용하다. 당신 귀에도 들릴 것이다. 두 사람의 잔잔한 숨소리. 떠나온 일이 마음에 걸렸기 때문만은 아닐 것이다. 떠나면서 당신이 행한 다짐을 생각할 때마다 할 말이 떠오르지 않을 것이다. 즉흥적인 다짐을 어서 실천하라고 추궁당하고 싶지도 않을 것이다.

─그래서 아빠가, 그 형 방엘 들어가서 주인도 없는 빈방을 둘러보다 텔레비전을 끈 순간이었다는데요. 텔레비전 위에 그 형의 부모님 사진이 있었다는데요, 근데 사진 속에서 아저씨 아줌마가 섭섭하다고 서울 가서 건강하라고 하면서 막 우시더래요.

누군가는 팔을 들더니 불 끄는 시늉을 한다. 누군가의 모습은 고향집 문간방을 막 나서려는 그 이름 모를 형처럼 젊고도 순박하다. 그리고 초라하다. 불이 꺼진다. 빈방의 벽들이 물러난다. 박미숙은 그 순간 깨닫는다. 지금의 자신처럼 아빠도 고향을 떠나기 전날 밤 숨이 막히도록 외로웠으리라는 것을.

—아빠는 자신이 뭔가를 잘못 들은 것 같아 뒤도 안 돌아보고 나오려는데, 글쎄요, 이번에는 『선데이서울』에서 뜯어 벽에 붙인 야한 수영복의 여자들도 하나 둘 훌쩍거리더래요. 그러면서 말하길, 서울로 가도 소장리<sup>里</sup> 정미소 옆집 문간방을 잊지 마세요, 우리의 탱탱한 엉덩이를 잊지 마세요, 우리의 빵빵한 젖가슴을 잊지 마세요. 멋쟁이 서울여자 만나도 우리의 촉촉한 입술을 잊지 마세요. 배신과 거부를 몰랐던 벽지 위의 애인을 잊지 마세요, 젊은 애인, 안녕 안녕, 하더래요.

누군가와 박미숙은 실실 웃기 시작하더니 끝내는 으하핫 쓰러질 지경이 되도록 웃어젖힌다.

—그래서 아빠가 꼭 약속한다고 하고 방불 꺼주고 나온 게 마지막이래요.

—벽지 위의 애인 만나러 갑자기 나도 소장리 정미소 옆집 문간방엘 가고 싶네요.

—그러게요. 아빠는 정말 겪었던 일이라는데, 그야 모르죠. 그때나 지금이나 늘 취해서 사시니까요. 어쨌든 고마워요.

—뭐가요?

—당신의 얼굴을 보고서야 술취한 아빠를 이해했어요.

—참, 전문가들은 다 응징했나요?

누군가의 갑자기 커진 목소리에 놀라 박미숙은 괜히 자리를 고쳐 앉는다.

—오늘 내가 일이 손에 안 잡혔으니 망정이지, 그 사람들 보

드마커 뚜껑도 제대로 덮지 못하는 주제에 무슨 전문가라고.
출입문 키카드를 일주일에 한 번씩 잃어버리지 않나, 세 시간
동안 점심을 먹지 않나. 다 맘에 안 들어요, 다.

두 사람은 붕어빵을 두 개째 먹으며 낮게 웃는다.

—사실, 요 며칠 전 나는 크게 다쳤어요. 여기, 마음을 다쳤
는데, 정신 차리고보니 당신과 얘기를 하고 있더군요. 지금도
온전하진 않지만, 어쨌든, 내가 잘못했는지, 나를 다치게 한 사
람이 잘못했는지를 알고 싶었어요. 하지만 이젠 알고 싶지 않
아요. 내가 궁금한 건, 당신이 어떻게 왔는지 모르겠다는 거예
요. 어느 틈을 비집고 내게로까지 왔는지.

—기다리다보면 틈이 보여요.

—지루했겠어요, 기다리느라.

—난 기다리는 게 가장 자신있어요.

—부지런하군요.

—당신은 당신이 게으르다고 생각해요?

—게으르게 사는 게 가장 손쉬운 방법이다보니 게을러졌
어요.

박미숙은 쑥스러운 듯 손으로 입을 가리며 조용히 웃는다.

—문제 많죠?

누군가는 아뇨, 라고 낮게 대답한다.

—그날 문제가 있긴 있었지만, 길이 있다는 걸 알아낸 날이
기도 해서 마음이 가벼웠어요. 사실 나는 흔한 감기에 걸려도,

그날로 모든 건 끝이라고 생각하는 사람이에요. 큰일도 아닌 감기에 마음이 그냥 무너져요. 감기를 이길 자신도 없고, 아파서 약을 먹고 누워 있는 내 모습이 그저 한심하고 맘에 안 들어서 이불을 뒤집어쓰고 울기도 해요. 감기에 걸렸다는 사실에 먼저 절망하고, 감기 하나 이기질 못해 누워 있다는 사실에 모든 걸 포기하기까지 해요. 일관성도 없고, 용기도 없고, 정말 문제 많은 사람이에요.

박미숙은 당장 반성문이라도 쓸 기세다.

—아무 얘기라도 더 해보세요.

—아프면 기다릴 수가 없잖아요. 특히 마음이 아플 땐 아무것도 할 수가 없더라고요.

누군가는 꿈꾸는 어린아이의 모습으로 변한 채 박미숙의 이야기를 듣고 있다. 1분이 지났을까. 박미숙이 다시 입을 연다.

—당신과 이야기를 나누다보니 설명할 수 없는 세상일이란 없겠다는 생각이 들었어요. 세상에 못 고칠 물건은 없는 것처럼요.

누군가가 등을 곧게 펴며 말한다.

—손 놓고 있을 순간이 없다는 소리죠?

누군가의 질문에 박미숙은 확신에 차 대답한다.

—부모님 말처럼, 손을 움직여야죠. 손을 움직여야 물건을 고치고 단춧구멍도 만들고, 그래야 돈도 벌고, 생각도 풀리고, 기분도 풀리고, 인생도 풀리고요.

누군가와 박미숙은 비밀스럽게 웃는다. 밤이 또 깊었다. 묶였던 것들이 풀리는 시간이다. 박미숙은 갑자기 자신의 방을 가리켜 보인다.

　—맞다, 내 방에 고장난 거 많아요. 컴퓨터 마우스도 잘 움직이질 않구요, 이십년 넘은 오디오 더블데크 오른쪽 것도 이상해요. 그 안에 들어갔던 테이프들은 다 엉켜서 나오고요, 시디 플레이어는 아예 열리지도 않아요. 그리고 드라이기도 이상해요. 5초 정도만 써도 타는 냄새가 나요. 무서워 쓰질 못할 지경으로. 참, 시계도 고칠 줄 알아요? 돌려서 밥 주는 수동식 옛날 고릿적 손목시계가 하나 있는데요, 큰바늘하고 작은바늘하고 4시 20분에 겹쳐진 채로 움직이질 않아요. 오래된 거긴 하지만 내가 정말 좋아하는 시곈데, 동네 금은방 아저씨는 자신없다고 아예 맡기지도 말래요. 당장 생각나는 건 이 정도예요. 고쳐줄 수 있어요?

　그들은 일어난다. 박미숙은 누군가의 팔에 자신의 팔을 두르며 방으로 안내한다. 자신이 원해서 수다스러워졌다는 사실에 만족하며 누군가를 향해 다정한 웃음을 보낸다.

　—뭐부터 손봐 드릴깝쇼?

　어느새 남자 중학생이 된 누군가가 묻는다.

　—컴퓨터 마우스.

　누군가는 박미숙 방으로 들어가자마자 재빠른 폼으로 책상 앞에 앉는다. 책상 위에 놓인 액자 속 사진을 한동안 유심히 들여다본다. 사진 속의 한 사람 한 사람 얼굴을 손가락으로 만져 본다. 박미숙이 다가가 누군가의 어깨 위에 자신의 턱을 걸친 다. 서로의 숨결을 가까이 느낄 수 있을 만큼.

—보기 좋군요.

—동생 돌 때 찍은 사진이 유일한 가족사진이에요.

—이날 어머니는 고데기로 오랜 시간 공들여 머릴 하셨겠 어요.

—엄마야말로 늘 손을 움직이셨으니까요.

—그런데 이 통통한 아이가 당신인가요?

누군가는 사진을 더욱 자세히 들여다본다. 웃음을 겨우 참으 며 사진 속의 얼굴과 자신의 어깨 위에 걸쳐진 얼굴을 번갈아 쳐 다본다.

—엄청나죠?

—귀여운 어린아이였군요.

누군가는 흘러내려온 박미숙의 머리카락을 귀 뒤로 넘겨주 며 말을 잇는다.

—동생과 꽤 싸웠죠?

—미치도록 싸웠죠.

—그래도 동생 덕분에 인생의 회로애락을 짧은 시간에 배웠 죠?

—종합적으로 배웠죠.

박미숙은 머리를 들며 웃는다. 두 사람은 서로의 얼굴을 마주보며 입을 크게 벌리고 웃는다.

—이제 보니 지금 당신의 모습이 내 동생 사춘기 시절의 모습이랑 똑같아요. 동생아, 공구통 가지고 오마.

박미숙이 낄낄거리며 방을 나가려는 순간 쾅쾅쾅 현관문 두드리는 소리가 들린다. 박미숙은 뒤돌아본다. 누군가도 박미숙을 바라본다. 찾아올 사람이 없는데,라고 박미숙은 들으라는 듯 중얼거린다.

—빨리 나가봐요.

박미숙은 천천히 방을 나간다. 쾅쾅쾅, 그때 현관 밖의 사람은 박미숙의 이름을 부르기 시작한다. 박미숙은 방문객의 목소리를 귀담아듣다 말고 방으로 도로 들어와 문을 꽝 소리 나게 닫아버린다. 누군가도 놀란 얼굴로 의자에서 벌떡 일어난다. 박미숙은 별일 아니라는 듯 두 손을 내젓는다.

할 말이 있어서 왔어. 쾅쾅쾅, 잠깐이면 된다니까, 박미숙 너, 할 말이 있어서 왔어, 쾅쾅쾌왕, 문 열어.

방문객은 같은 말을 반복한다.

—기다렸던 사람 아닌가요? 빨리 나가봐요.

박미숙은 고개를 빠르게 가로젓는다.

—그래도 열어줘요. 애타게 찾는데.

누군가가 다가와 방문을 연다. 어서 나가보라는 손짓을 한다. 박미숙은 다시 현관으로 나간다. 나는 너와 할 말이 없다, 나는 너의 말을 듣기 싫다, 너의 목소리도 듣기 싫다, 너에게 화내는 것조차 싫다.

그러나 끝내 느릿느릿 현관문을 연다. 틈이 벌어지자마자 문은 바깥쪽으로 대번에 당겨진다. 목소리가 곧 이어진다.

—할 말이 있어서 왔어.

방문객은 서둘러 몸을 집안으로 들여놓는다. 박미숙은 방문객의 몸을 피하듯 빠른 몸짓으로 물러난다. 방문객은 엉거주춤 서서 박미숙의 그러한 행동을 바라본다. 결국 신발을 벗는다. 그러나 누군가의 고무장화를 발견하고는 박미숙을 뚫어지게 쳐다본다.

—이건 뭐야?

박미숙도 누군가의 장화를 내려다본다. 피식 웃음이 나온다. 뒤축 위 종아리 부분에 구멍이 난 신발. 누군가는 저 장화를 하루 종일 신고 다니며 내 생각을 잠시나마 했을까.

—동생입니다.

방 안에 있던 누군가가 튀어나와 박미숙 뒤에서 대답한다. 박미숙은 놀란 얼굴로 뒤를 돌아본다. 누군가는 신발장 위의 공구통을 들고는 차분히 인사한다. 방문객은 벗었던 신발을 거칠게 도로 신는다. 박미숙은 방을 향해 비스듬히 선 채 방문객을 쳐다보지도 않는다. 누군가는 들어가 천천히 방문을 닫는다.

—야, 너도 사람이냐? 저렇게 어린애랑?

—연대보증 설 사람 아직 못 찾았니.

—너 돌았구나?

—안됐지만 헛걸음했다.

순간 방문객의 오른손이 획 소리를 내며 올라간다. 박미숙은
정면으로 방문객을 바라본다. 방문객은 비를 맞고 돌아다닌 듯
하다. 젖은 앞머리가 오른쪽으로 온통 쏠려 있다. 지쳤어도 한
참 지친 모습이다. 하필 이곳으로 왔구나, 그렇다면 한 대 치고
가라, 네 방법대로.

—쌍것들.

방문객은 들었던 손으로 공구통이 있던 신발장 위를 있는
힘껏 내리친다.

—뭐 때문에 왔니?

—자살한답시고 지랄할까봐 왔다.

—시간이 너무 늦었는데.

—어리숙한 척하며 노는 꼴이란, 싸구려 잡것 연놈들, 같이
놀아나는 것도.

물론 처음부터 이렇게 시작하는 사람들은 없을 것이다. 사
랑한다고 서로를 속인 두 사람이 만든 세상에는 규칙이 없다.
표본도 없다. 그들의 방식을 아무도 객관적으로 관찰하지도 않
는다. 박미숙은 상대방을 사랑한다는 착각 속에서 4년 5개월
내내 수치스러울 뿐이었다. 그래서 사람들을 향해 차마 입을
열 수 없었다. 입을 열면 오열이 터져나오거나 아니면 새빨간
거짓말이 나오곤 했으니까. 그러니 이 상황에서 당신마저 비슷
해지고 싶어 그들의 연애를 옹호한다면, 거짓말로 끝까지 승리

할 수 있다고 당신마저 맹목적으로 착각한다면, 당신의 인생은, 당신의 연애는, 정말, 당신이 싸질러놓은 배설물 주변을 배회하는 똥파리의 황홀경보다 더 치명적일 것이다.

—니가 살던 세상으로 가서 생각해. 넌 쉽게 받아주면 더욱 큰일 날 사람이야.

—니 연놈들한테 당하고만 있을 것 같지.

—너야말로 자살이라도 할래?

방문객은 충혈된 두 눈으로 박미숙을 노려본다. 박미숙도 그의 눈을 정면으로 바라본다. 그러다보니 이름도 얼굴도 제대로 모르는 여러 여자들이 떠오른다. 밑도끝도없이 의심하고 혐오해마지 않았던, 자신처럼 늘 수치스러움을 숨기며 포장했을, 자신만큼 어리석었을 여자들. 그랬던 자신이 우습기도 하고 불쌍하기도 해서 박미숙은 눈살을 찡그리며 웃는다. 그 여자들도 그의 저런 모습을 보았을까. 언제나 마지막에는 저런 눈으로 여자를 쳐다보았을까.

—앞으로 찾아오지 마라. 찾아올 일도 없을 테지만.

—엿먹.

방문객은 예의 간편하게 욕설을 남기며 뒤돌아선다. 동시에 누군가가 방문을 연다. 박미숙은 방으로 눈길을 돌린다.

—드라이기는 어딨죠?

—쇼 하구들 있네.

쾅 소리가 나더니 어느새 현관문이 닫힌다. 박미숙은 그 소리에 놀라 자신도 모르게 한발짝 뒤로 물러선다. 그러나 지체하지 않고 현관으로 가 안전고리와 보조키까지 모두 잠근다. 차비도 없이 찾아왔을지 모른다는 생각이 문득 스친다. 할 말을 안 하고 갔다는 생각도, 할 말이 없을 거란 생각도, 오늘 보니 나이보다 늙어 보인다는 생각도, 마지막까지 욕설은 빠뜨리지 않았다는 생각도.

　—괜찮아요?

　누군가가 현관으로 나와 박미숙 팔을 잡는다.

　—아 드라이기, 저기 거울 아래 첫번째 서랍장 안에 있어요.

　—근데, 저 사람은 왜 저렇게 화를 내고 가죠? 나 때문인가요?

　—아뇨. 원래 화를 잘 내요. 아까 그 사람은 그래야 일이 쉽게 풀린다고 생각해요. 처음부터 그랬던 사람은 아니에요.

　—정말 괜찮죠?

　—그럼요.

　그때 문 두드리는 소리가 다시 들린다. 박미숙은 누군가의 팔에 기대어 들어보라는 손짓을 한다. 마침 그쳤던 비가 다시 내리기 시작한다. 세차게 내리는 비를 맞으며 돌아갈 엄두가 나지 않았던 것일까, 지친 방문객은.

　너 문 안 열어? 누구 맘대로 문을 잠가, 할 말이 있다니까, 젠장 문 안 열엇, 너 내 말 안 들려, 차비가 없어, 씨발 차비 좀 빌려줘, 문 좀 열라니꺄아악.

방문객은 문을 걷어차기 시작한다. 박미숙은 그의 사나운 목소리와 쿵쿵 울리는 발길질 소리를 조용한 표정으로 듣고만 있다.

문을 닫고 나간 순간부터 방문객의 삶은 변했을 것이다. 그것을 어렴풋이 알아챈 방문객은 무서웠을 것이다. 그는 너무 서둘러 나간 것일까. 끝까지 예상대로 움직여준 방문객인데 박미숙이 너무 가혹하게 내쫓은 것일까. 방문객에 대한 그녀의 마음은 진짜였을까, 가짜였을까. 그녀는 후회하는 것일까, 화가 난 것일까, 누구 때문에, 무엇 때문에.

누군가는 박미숙을 바라본다. 박미숙도 누군가를 바라본다. 잠시 후, 누군가가 먼저 입을 연다.

—저 사람에겐 차비가 없는 게 아닌 것 같아요. 길을 잃어버려 무서워 소리치는 거 같아요. 하지만 언젠가는 저 사람도 볼 수 있을 거예요. 기적처럼 길이 보일 거예요. 기다리면 꼭 보일 거예요.

—그럴까요.

누군가는 박미숙의 어깨를 두들겨준다. 이번에는 박미숙이 현관문을 향한 채 차분하고 냉정한 눈빛을 더욱 빛내며 말한다.

—그래요. 그러면 저 사람도 낡힐 대로 낡힌 몸과 마음을 치료받을 수 있겠죠. 저 사람도 정말, 기다릴 수 있겠죠, 그래서 자신만의 길을 찾을 수 있겠죠.

# 야곱의 강

나는 요새 이런 생각에 빠져 있어. 어떤 현상 혹은 우리 주변의 사물이나 인물, 사건 등 모든 것에 대한 사람마다의 정의는 다 다르구나 하는 생각. 이런 생각은 황당함을 동반하기도 하지. 세상에 비슷한 사람들이란 없거든. 사람들의 얼굴이면 얼굴, 목소리면 목소리, 생각이면 생각은 모두 달라. 진작 이것을 간파했다면 내 인생이 훨씬 자유로웠을 텐데 말이야. 그러니 백과사전이란 얼마나 가볍고 나약한 종이쪼가리들인지 말이야. 백과사전이 세상에서 사라지는 날이 과연 오기는 올까. 그 종이쪼가리들이 뿜어대는 표준의 힘은 또 얼마나 거대한지.

　앞으로는 사람마다 백과사전 같은 걸 만들 거란 생각을 해본 적 있어. 사람들 고집이 너무 세지다보니 한 가지 표준에 길들여져선 살아가지 못할 것 같았거든. 사람에 따라 이순신 장군은 더이상 명장名將이 아닐 수도, 감기가 어떤 이에게는 죽을 병일 수도 있을 거야. 또 쥐나 바퀴벌레가 어떤 사람에게는 가장 따뜻한 친구일 수도 있겠고. 너무 엉뚱해? 그럴 수도 있어. 내 머릿속엔 뭔가 문제가 있는 것 같아. 아마 방향의 문제일 거야. 세상이 바라는 방향과 반대로 살아서, 그래서 나는 늘 외롭게 사는지도 모르지.

이런 생각을 하던 중 한 영화를 보았어. 간만에 기상청의 일기예보가 적중한 날이었지. 오후 늦게부터 비가 내리기 시작해 밤새 내릴 거라더니 밤이 깊어지면서 정말 빗줄기가 굵어지더라고. 껐던 텔레비전을 다시 켰어. 빗소리를 들으며 백 개도 넘는 케이블 채널을 꼼꼼히 살펴봤지. 그런데 맘 가는 대로 손이 가지 않는 것도 여전히 알 수 없는 일이야. 내 맘 같아선 지루한 듯 특이한 제목의 영화들을 보고 싶었거든. 예를 들면 「토리노의 말」「영원과 하루」 이런 영화들 말이야. 후훗, 웃고 있니? 그런데 손은 또 딴 데로 가버리더군. 교양을 빙자한 허식의 벽은 여전히 높아. 나는 상식과 교양을 밑도는 사람인데도 왜 영화를 고를 때는 내 수준에 안 맞는 것만 골라서 보는지 모르겠어.

어쨌든 언젠가는 다 보고 말 거야. 나는 제목부터가 특이한 그런 영화들을 좋아해.

내가 본 영화 주인공 토멕은 열아홉살. 우체국 직원. 그는 건너편 아파트에 사는 연상의 여인을 밤마다 망원경으로 관찰해. 화가인 그녀는 새벽까지 작업을 하다 새벽에 남자가 찾아오면 섹스를 즐겨. 그러면 열아홉의 토멕은 굳은 표정으로 망원경에서 눈을 떼지. 그러던 어느날, 여자는 쓰러질 듯 들어와. 깜깜한 새벽이야. 그녀의 얼굴은 더할 수 없이 일그러져 있어. 냉장고에서 우유병을 꺼내고, 그것을 탁자에 올려놓으며 꺼지듯 의자에 앉는데, 여자가 건드리는 바람에 우유가 탁자 위로 흘러넘치는 거야. 흰 우유가 철철 흘러넘치는데도 여자는 흐느껴 울고만 있어.

아무 소리도 들리지 않아. 철저히 보여지기만 해. 그러나 들리지 않아도 마음은 다 알고 있지. 토멕은 우유 배달을 시작해. 여자에게 가짜 우편환을 보내 그녀를 골탕먹이기도 하고. 그러나 결국 토멕은 그녀에게 고백하지.

"당신은 어제 울었어요."

사랑한다고 토멕은 말해. 그녀는 원하는 것이 무엇이냐고 물어. 토멕은 아무것도 없다고 대답해. 그러곤 도망치듯 아파트 옥상 위로 뛰어가. 그러더니 다시 달려와선 숨찬 목소리로 그녀에게 이렇게 말하는 거야.

"저녁에 아이스크림 먹으러 같이 카페에 가요."

생각해봐. 아이스크림을 먹으러 가는 행위, 너무 단순하고 일상적이라 무엇을 상징하는지 파악하기 힘든 행위, 이런 행위를 함께하자는 게 사랑일까, 사랑이 아닐까. 토멕이라는 청년은 분명 사랑이라고 믿고 있어. 그녀는 노닥거림이라고 믿고 있고. 누가 옳은지는 아무도 모르지.

그러나 사랑에 빠진 토멕은 그날 새벽 집으로 돌아와 동맥을 끊어.

"화장실 가서 손을 씻고 와."

심상하게 말하는 여자의 집을 뛰쳐나온 토멕의 얼굴을 나는 똑바로 바라보기 힘들었어. 손에는 화가의 몸에서 나온 분비물이 묻어 있었어. 완전히 사랑에 당해버린 청년의 얼굴을 어떻게 아무렇지도 않게 바라볼 수 있을까. 털어놓을수록 일반화되고 보편화돼서 더욱 우스꽝스럽게 울리는 '사랑한다'는 말은 정말 지겨운 말 가운데 하나야. 모두 거짓말꾼들.

흔히 사랑의 대상이라고 생각하는 그/그녀를 통해 우리는 힘을 얻는다 혹은 상처를 입는다 생각하지. 사실 숱한 약속과 다짐, 그리고 의혹의 상태에 머문 채 아무것도 공유하는 건 없다는 공허함만을 확인하면서도 그/그녀를 사랑하지 않는다고는 말할 수가 없는 거야. 거의 이 정도면 질환이라 할 수 있지, 정신질환. 사람들은 다 사랑하고 싶다고 말하면서 사랑이 찾아오면 이렇게 어리석어지거나 지나치게 용감한 척하면서 사랑을 파괴해버려. 그러고 나서 사랑을 해봤다고 말해. 불쌍해.

그/그녀들은 자신들의 마음을 모르거든.

나는 영화 속 주인공에게 알려주고 싶었어.

"야, 토멕아, 넌 속았어. 화가 여자, 당신도 속았고."

사람들은 다 속았어. 자신을 속인 대상과 먼저 결판을 내야 해. 그래야 사랑을 하든지 미워하든지 할 수 있어.

이 사실을 깨닫고 너무 억울해 강가를 거닐며 하루 종일 울었던 때가 있어. 싸움에 관한 한 나도 꽤 자신있었는데, 내가 자신있어한 싸움은 싸움이 아니라 영양가 없는 수작이 아니었나 싶어. 뭔가 치열한 척 괴로운 척하며 폼잡는 거, 건드리면 넌 끝장이야 하며 센 척하는 거, 그 정도였지.

강가에서 무슨 생각을 했더라.

나를 태어나게 한 엄마와 아버지가 미웠어. 무책임하다고 생각했거든. 아니면 세상을 좀 바꿔놓고 나를 태어나게 하든가. 그들을 낳은 할머니 할아버지도 미웠고 할머니 할아버지를 낳았을 더 늙은 할머니 할아버지도 당연히 미웠어. 이렇게 따지며 올라가다보니 이 세상 사람들을 처음 만들었다는 신까지도 미웠어. 신을 미워하기까지는 시간이 오래 걸리지 않아. 내가 알지도 못하는 조상들을 탓하다보면 금방 신까지 이르게 되니까. 당연히 그 후로 내 적은 사람이 아니라 사람을 만든 신이었지. 그는 사랑이 많은 척하지만 사랑을 주는 사람에게만 주고 안 주는 사람에게는 신경도 안 쓰는 고약한 존재야. 나는 그처럼 뜨겁게 화를 낸 적이 없었던 것 같아. 신을 향해 소리치며 울었을 때처럼 진심인 적도 없었던 것 같고. 그러니까 나는 확실한 유신론자야. 신이 밉다면서도 신 앞이라고 화를 내는데, 내가 생각하기에도 너무 진실했고 솔직했거든. 그게 바로 신을 믿는다는 증거가 아닐까 하는 생각을 하니 나란 사람이 참 한심해 보이더군. 뭐야, 신을 미워하는 거야 사랑하는 거야. 나는 분명 신을 저주하고 미워했어. 이 세상에 신이 있다는 사실을 인정한다는 것과 그 신을 믿는다는 것은 다른 뜻이라고 나 자신에게 줄곧 설명했어. 나는 신이 여기에 '있음'을 사실로 인정한다는 거야. 신을 내가 믿어서 그 믿음으로 신의 존재를 인정하는 것은 아니라는 뜻이지. 사람들이 믿기도 하는 신을, 나는 믿지 않는다 해도, 있다고는 말하는 거야. 글쎄, 신을 믿는 것인지에 대해선 생각하고 싶지도 않아. 내가 죽음 앞에 서면 그때는 달라지겠지. 누구라도 그럴 것 같아. 내 목숨이 이제 끝난다면 사람을 원망하진 않겠지. 따지거나 아파하거나 분노하는 까닭은 모든 걸 알 수 없기 때문일 거야. 내가 왜 죽는가, 왜 하필 내가 먼저 죽어야 하는가, 왜 내가 바로 이때 병들어 고통받아야 하는가, 왜 내가 모든 걸 물어도 신이라는 존재는 아무 대답도 없는가.

초등학교 일학년인 내가 어떻게 한강까지 갔는지는 지금도 모르겠어. 노고산동 후미진 뒷골목에 살던 내가 강이 보이는 곳까지 걸어가는 동안 아무도 나를 집으로 데려다주지도 않았고 집이 어디냐고도 묻지 않았어. 조금씩 울면서 걸었던 것 같은데 사람들이 모르도록 울었던 것 같아. 어린아이였지만 세상 사람들을 경계하지 않으면 내가 더욱 위험해진다는 것은 알고 있었어. 그날부터 나는 신에 대해, 죽음에 대해, 사랑에 대해 생각하기 시작했던 것 같아.

태어나 첫돌을 넘기지 못하고 동생이 죽었을 때였어. 나는 그 아이가 태어나려던 순간부터 기억이 나. 엄마가 방바닥에 누워 신음소리를 내며 오줌을 싼다고 생각했어. 엄마가 저토록 아파하는데 아기는 얼마나 더 아플까 하는 생각이 들자 눈물이 흐르기 시작했지. 엄마도 아파 보였지만 세상으로 나오려는 동생도 울고 있는 것 같았거든. 아마 그 아이는 엄마의 좁은 산도를 찾아 목숨을 걸고 따라 내려오면서 벌써 자신의 운명을 감지했나봐. 나올 때부터 연약하고 슬퍼 보였던 것 같아. 엄마는 오랜 시간 까무러칠 정도로 울어대다 동생을 낳았어. 엄마와 아기는 모두 내게 수수께끼였어. 엄마는 동생을 낳고 바보처럼 울다가 웃다가 했어. 나는 그때 생각했지. 아기랑 엄마는 한몸이구나, 동생이 아프면 엄마도 아프고, 동생이 울면 엄마도 울고. 내가 달려가 신수당구장에서 찾아 끌고온 아빠도 바보처럼 웃다가 울다가 했어. 산파할머니가 아빠를 야단치셨지. 마누라는 목숨 걸고 어린애 낳는데 당구는 무슨 당구냐고.

아기가 숨을 쉬며 잠을 자고 엄마젖을 먹고 똥오줌 싸는 것을 지켜보며 우리 식구들은 모두 기뻐했어. 정말 너무 행복했어. 내게도 동생이 있다, 학교 가서는 그 자랑만 했지. 그림숙제를 해 갈 땐 당연히 동생을 그렸어. 예배당에도 빠지지 않았지. 나는 동생을 위해 기도를 드렸어.

동생이 너무 예쁘고 사랑스러워 바깥에서 놀 수가 없었어. 엄마를 도와 아기를 보살피고 만져주고 바라보고 씻기기도 했지. 나는 무엇보다 깨끗이 씻기는 일이 너무 좋았어. 백일이 지나선 나 혼자 동생을 안아봤던 기억도 나. 아기에게서는 좋은 냄새가 났어. 아기의 숨소리는 너무 간지러웠어. 말랑거리는 투명한 살결에 내 얼굴을 비벼보기도 했지. 동생은 누워서 놀면서도 내 새끼손가락을 꽉 잡고 놓질 않곤 했어. 동생도 나를 좋아했을 거라고 난 지금도 믿고 있어. 나를 보고 늘 웃어줬거든. 누가 동생을 훔쳐갈까봐 밤에는 잠을 설칠 정도였어. 하나의 목숨이었어. 그 목숨을 나도 지켜야 한다고 생각했지.

하지만 한창 먹으며 커나가야 할 때 동생은 이상하게 잘 먹지를 못했어. 날마다 설사를 했고, 그나마 먹은 것도 토해내며 무섭게 울기만 했지. 동생 몸이 불덩이 같았을 땐 나도 무서워 같이 울었어. 그런 날은 아빠도 신수당구장에서 일찍 집으로 들어오셨어. 울음을 그쳤을 땐 동생도 너무 지쳤는지 축 늘어진 채 웃지도 않고 눈도 제대로 뜨지 못했어. 나는 너무 겁이 나 예배당 가는 날도 아닌데 그곳으로 찾아가 기도를 드리기도 했어.

내 동생이 토하지 않게 해주세요, 내 동생이 아프지 않게 해주세요, 동생은 너무 아파 잠도 못 자요, 그러니 내 동생을 꼭 낫게 해주세요.

차라리 병원엘 데리고 가지 말 걸 그랬나봐. 동생이 병원에서 입원치료를 받는 동안 나는 밤마다 울었어. 천식환자였던 주인집 아저씨의 기침소리를 들으며 빈 방에서 혼자 자는 것도 무서웠지만, 그것보다는 동생이 미치도록 보고 싶었어. 동생 베개를 껴안고 자는 동안 베개는 늘 축축해지곤 했지. 학교 끝나면 병원으로 달려갔어. 동생은 침대에 누워 자고 있거나 울고 있었지. 엄마는 늘 빨간 눈으로 나를 맞았고. 나는 아랫입술을 깨문 채 병원에서 숙제를 했어. 그러고는 침대에 누워 있는 동생과 많은 이야기를 나눴지. 많이 아파? 주사 맞기 싫지? 약보다 훨씬 맛있는 사탕 사줄게, 그러니까 영차영차 힘을 내, 어서 집으로 가자, 영치기영차, 내가 오늘 밤에도 기도해줄게.

숨쉬는 목숨이 그저 연약해서 그랬는지 몰라도 어딘가 슬프고 서러운 기분이 드는 걸 숨길 수 없었어. 하지만 아무에게도 말할 수는 없었어. 그러나 혼자 있을 땐 달랐지. 집으로 돌아온 나는 엉엉 소리내 울며 기도했어. 동생이 많이 아파요, 내 동생을 제발 고쳐주세요, 동생은 힘이 하나도 없어요, 동생은 아기잖아요. 울며 기도하다 잠이 들었던 것 같아.

아침에 눈을 뜨니 엄마 아빠가 와계셨지. 나는 벌떡 일어났어. 당연히 동생부터 찾았지. 그러나 병원 갈 때 동생을 둘러업고 갔던 포대기만 방 한가운데 펼쳐져 있을 뿐 그 속에 동생은 없었어. 내가 포대기를 이리저리 들쳐본 후로도 말없이 동생 포대기를 껴안고만 있자 아빠가 음료수 깡통을 내밀며 무슨 말을 걸었던 것 같아. 그때였어. 엄마 몸이 옆으로 기울어지는 것 같더니 동생을 낳던 그 밤처럼 뒹굴며 울기 시작했지.

왜 동생을 내게 주었어요? 그랬다 왜 도로 빼앗아가요? 왜 많은 갓난아기 중에서 내 동생만 소화를 못 시키는 병에 걸린 채 태어나게 해요? 왜 사랑할 틈도 주지 않고 맘대로 동생을 죽게 해요? 살릴 수 있었으면서 왜 내 동생을 안 살려줬어요?
나는 신에게 대들었어. 아무리 물어도 신은 말이 없었지. 나는 이를 악물고 울부짖었어.
왜 나를 속여요? 왜 처음부터 나를 속여요.
그게 처음 상처였던 것 같아. 사람이 아닌 신에게 받은 상처라 지금까지도 나는 차갑고 어둡게 살고 있는 걸 거야. 동생을 죽인 건 신이라고 믿어 의심치 않았거든. 그랬더니 신도 나에게 보복을 했던 걸까. 나뿐만 아니라 우리 가족 모두는 힘도 없고 웃음도 없이 좀 이상하게 살게 되었지.
결국 싸움은 우습게 끝날 수밖에 없는 건데 말이야. 동생이 죽은 후에도 우리 세 식구는 배고프면 밥을 해먹었고, 나는 여전히 말없이 사나운 아이였고, 아버지는 동네 복덕방과 당구장을 들락거리며 언제나처럼 집을 멀리했고, 엄마는 청소를 하고 빨래를 하고 김치를 담그며 아버지와는 반대로 집을 떠나지 않았어. 엄마는 그때부터 살아 있는 사람 같지 않았지.

하루를 보내는 게 어렵지는 않았어. 하지만 하루씩의 슬픔이 얌전히 고여 있다 넘쳐버리는 날에는 어떻게 손 쓸 수가 없었어. 날마다 쉬지 않고 움직이는데도 그렇게 고이고 고이는 줄은 몰랐거든. 그럴 때면 학교도 안 갔고 밥도 먹지 않았어. 중고등학교 시절 성적은 바닥이었지. 형편없었어. 세월은 이렇게 고였다 넘쳤다 하며 맘대로 흘렀어.

중학교 2학년 때 처음으로 죽고 싶다는 생각을 했어. 좀더 솔직히 말해야겠어. 그래, 단지 유년기 때 동생의 죽음을 지켜본 충격과 아픔 때문에 그런 생각을 했던 건 아니야. 동생은 그때 이미 말 그대로 '죽은 동생'이었어. 그 후로 찾아온 시간에 비해 확실히 어두웠던 시간이었지. 하지만 그 시간이 나의 수많은 하루를 완전히 지배할 수는 없었어. 나는 커나가고 있었거든. 달라지고 있었어.

사람들은 다 이렇게 입 다물고 백치처럼 사는 수밖에 없는 걸까 하는 생각, 바로 이 생각에 나는 견딜 수 없었어. 방금 말했듯이 동생의 죽음에 대한 의혹과 절규는 더이상 아픔도 뭣도 아니었어. 못 잊을 동생에 대한 사랑 같은 건 더욱 아니었지. 그 따위 소리는 집어치워버려. 그렇게 살게 돼버렸어. 무뎌졌고, 자꾸 잊어버렸고, 생각하지 않게 돼버렸어. 어느 순간에는 그 슬픔을 애써 내게 설명하는 나를 발견했어. 가슴 아팠을 거야, 갓난쟁이가 죽었는데, 그래, 견디기 힘들었을 거야. 내 삶에 가장 치명적인 슬픔을 나에게 이해시키며 납득시키려는 내가 거의 백치 같았어. 하지만 사춘기에 접어든 자식에게 부모가 무슨 해답을 줄 수 있겠어. 내가 백치라면 엄마 아버지는 백치에다 천치에다 등신이었을 텐데. 알 수 없는 누군가가 분명 그렇게 나를 몰아갔어. 조종당하는 기분이었거든. 내가 누구인지 모를 정도였어. 그게 그렇게 억울했지.

고2 때 하루 종일 상담실 옆 쪽방에 갇혀있다시피 한 날이었을 거야. 반성문을 한줄도 쓰지 않고 반항하는 나를 향해 담임이 '너 병신이지?' 하면서 볼펜을 쥐더니 내 왼쪽 엄지손가락 아래께를 볼펜으로 슬그머니 또 찔렀어. 그러곤 물 한잔을 주더니 벗어놓은 잠바를 챙겨입고 나가버리더군. 담임이 볼펜으로 찌른 자리에 대번에 검정 볼펜 자국 위로 피가 맺혔지. 너무 쓰라렸어. 잠시 후 들어온 담임이 '부모님 모셔와' 그랬어. 나는 잘못한 게 없었어. 다만 머리에 생각이 너무 많아 성적이 나빴을 뿐이었고, 먼저 시비 거는 애들하고나 싸웠지 건드리지 않는데 싸우지는 않았어. 학교에선 나 같은 아이, 즉 공부도 못하고 집에 돈도 없으면서 머리에는 잡생각만 많은 아이들은 가만있어도 벌점을 받게 되어 있어. 눈빛이 불량스럽기 때문이지. 공부도 못하는 꼴통을 담임이 잡아먹으려드는 게 당연한지도 몰라. 그래도 한 학기 내내 담임 볼펜에 교묘히 찔려 손등이나 팔뚝에 멍이 가시지 않은 나로서는 당하고만 있을 수가 없었어. 담임 말대로 머리에 든 것도 없어서 이제 웬만한 모욕은 모욕인 줄도 모르게 되었어. 그런 내게도 부모님 모셔와, 이 소리가 그렇게 웃길 수가 없더군. 담임들은 저 소리 말고 다른 말은 할 줄 모르나. 아무리 꼴통이지만 부모는 보호할 줄 알았어. 이런 수용소 같은 곳에 왜 부모를 모시고 와, 깡패나 다름없는 담임 앞에 순한 양 같은 우리 부모를 내가 왜 모셔와. 나는 담임을 빤히 바라보며 웃음 섞인 목소리로 말했어. 니 부모 먼저 내 앞에 데려와. 그러곤 상처난 손등을 내려다보며 낮게 중얼거렸지. 순 개자식이야.

그때의 내 목소리는 끔찍했어. 내가 내뱉고 내가 되새기면서도 내내 두렵기만 한 목소리였어. 숨쉬며 살고 있는 나란 사람을 믿을 수 없었어. 담임한테 욕을 내뱉은 내가 무서운 게 아니라, 욕먹을 사람한테 당연히 욕을 했다고 뿌듯해하는 내가 무서운 게 아니라, 감정도 반응도 없이 이빨 사이로 소리를 그저 밀어내는 데 익숙해진 내 목소리가 무서웠어. 사람들은 나처럼 말하지 않아. 정을 담아 속삭이건 잡아먹지 못해 상소리를 내뱉건, 어쨌든 사람들은 사람들처럼 말해. 나는 미쳤던 걸까. 그건 아니었을 거야. 미친 사람치고는 너무 못됐었거든. 미친 사람들은 대부분 착하잖아. 그럼 나는 왜 이 모양이 된 걸까. 왜 사람처럼 말하지 못할까.

그때서야 신을 생각했지. 사람에게 어떤 관심도 애정도 기대하지 않았던 나에게 이런 부정적인 영향이라도 미칠 사람은 결코 없었어. 내 목소리를 감히 빼앗아갈 사람은 정말 아무도 없었어. 이번에도 신이었지. 근신이나 정학 따위로는 나를 시험할 수가 없었을 거야. 나는 학교에서 왜 나를 잘라버리지 않는지 참을 수 없을 정도였으니까.

그래서 신이 또 이번에는 무엇으로 나를 속이는지 두고보기로 했어. 그게 신을 믿지 않는 유일한 방법이라고 생각했거든. 아플 것도 없도록 내 인생에 아무런 기대도 걸지 않았어. 외로웠지. 하지만 이래야 신과 나와의 관계가 동등해지는 거라 확신했어. 한 번 대든 거 두 번 못 대들까. 분명 내가 처참하게 깨지고 말 싸움이었지만 다시 시작했어.

생각을 해봐. 이러니 내가 누구를 사랑할 수 있겠어. 신한테 속아넘어갔는데 신이 만들어낸 사람들을 어떻게 사랑할 수 있겠느냐구. 그러니 값싼 감정에 휘말려 목숨부터 끊어버리려는 주인공이 나오면 내가 얼마나 답답하겠어.


손목에 붕대를 감고 죽은 듯 누워 있는 토멕을 찾아온 사람이 있어. 바로 건너편 아파트의 그녀. 열아홉의 감성으로 '여자의 엉덩이는 예쁘다. 자주 드러낸다'고 친구와 암호로 소통하던 토멕은 눈을 꼭 감고 있어. 여자는 토멕의 방 창문 너머로 자신의 아파트를 조용히 바라보지. 토멕의 망원경에 눈을 대보기도 하고. 그랬더니 보이는 거야. 울고 있는 자신의 모습이 보이는 거야. 그날 밤처럼 우유는 흘러넘치고 자신은 어깨를 들먹이며 울고 있어. 그때 토멕이 다가와. 그러곤 그녀 어깨 위에 손을 얹는 거야. 화가는 그제야 얼굴을 들어. 토멕은 따뜻한 얼굴로 그녀를 바라보고 서 있어.

　마지막 장면을 보면서는 나도 사랑을 하고 싶었어. 잔인한 상처를 남긴다 하더라도 저런 위안을 받고 싶었어. 사랑은 상처와 위안을 동시에 준다고 생각해. 자신의 아팠던 때를 멀리서 차분히 바라볼 수 있게끔 힘을 주는 건 사랑뿐이야. 사랑으로만 가능해. 내가 똑바로 설 수 있도록 도와줄 사람이 필요하다고 생각한다면, 그건 결국 사랑에 빠지고 싶다는 욕구가 아닐까. 물론 그러한 위안을 얻기까지는 많은 상처를 견뎌내야만 하지. 사랑은 둘이 나누는 거니까. 사랑을 나누기 위해선 누군가 먼저 다가가 희생할 수밖에 없는 거고. 토멕이 바로 그 경우야. 토멕이 화가보다 용감하고 순수했기 때문에 그는 깊은 상처를 입었지. 영화라 그랬을지 모르지만 그래서 아름다워 보였어. 이제 토멕이 위로받을 차례였으니까. 현실 속에서 그 희생을 내가 맡아하긴 싫었어. 사랑은 하고 싶었지만 상처를 견디기는 싫었으니까. 그렇지만 알 수 있었어, 마음이 깊이 흔들리는 것을.

　야곱에 대해 말해준 사람이 있어. 영화의 마지막 장면을 보는데 그 사람이 떠오르더군. 그 사람은 죽은 동생 얘기며 집안 얘기를 태어나 처음으로 털어놓게끔 내 맘을 움직였던 사람이야. 왜 그랬을까. 어쨌든 그 사람은 진지하게 들어주었어. 내 이야기를 들으며 간혹 고개를 끄덕여주었을 땐 행복하기까지 했어. 그 사람은 장사꾼이었어. 우리 동네에서 책가게를 하던 사람이었는데 나에게 늘 친절했지. 사람들은 그 사람을 정사장님이라고 불렀어. 책값도 깎아줬고, 출판사에서 나오는 메모지, 달력, 볼펜 등 여러 판촉물도 늘 후하게 베풀어줬어.

그 사람이 그랬는데 구약성경 창세기에 야곱이라는 사람이 나온대. 그 사람은 신과 싸워 이긴 사람이라고. 한강을 눈앞에 두고 서럽게 울며 신을 저주한 일이 있다고 하니까 그 사람이 그러더라고.

"딱 야곱이네요."

야곱이 누구냐고, 무엇을 한 사람이냐고 내가 물었어. 가게 문을 닫을 시간이었으니까 밤 11시 정도 됐을 거야. 우리 둘이 카운터에 앉아 야곱 이야기를 하는 동안 손님은 한 명도 없었어. 가게 밖은 삼거리 정류장이었는데 버스가 멈춰서면 집으로 돌아가는 사람들이 우르르 내리곤 했지.

"야곱이 압복강 나루에서 밤새 누군가와 싸움을 했는데, 날이 새도록 싸움을 해도 끝이 안 났대요. 그래서 결국 정작 싸움을 걸어온 사람이 자기를 보내달라며 항복을 했다잖아요. 야곱은 싸우던 상대에게서 축복을 받고서야 그를 놓아주었대요. 먼저 와서 몸싸움을 걸어온 그가 신이었던 거예요. 한강에서 그렇게 질질 울고만 가면 뭐가 됩니까. 저주만 갖고는 게임이 안 된다고 봐요. 이렇게 레슬링을 하며 밤을 새도 모자란 판국에 무슨 눈물이고 슬픔이고 통하겠습니까."

책장수는 누군가를 엎어치는 흉내를 내며 야곱 이야기를 마무리했어.

무슨 뜻으로 책장수가 내게 야곱 이야기를 꺼냈는지 알 수는 없었지만 그 사람 말이 내게는 큰 위안이 되었어. 그리고 자기를 축복하지 않으면 돌려보낼 수 없다고 깡을 부린 야곱이란 사람도 나를 사로잡았지. 싸울 생각이었다면 그 정도는 싸워야 한다고 생각했어. 싸움의 상대가 사람이건 신이건 상관없이 말이야.

"죽기 살기로 덤비는 근성이 있으니 축복도 받는 것 같아요. 나는 야곱 팬이에요. 멋진 쌈꾼이 아닐 수 없어요."

책장수는 목을 길게 빼며 무슨 비밀을 말하듯 다시 입을 열었어. 그럴 때는 꽤 젊어 보이기까지 했지.

"맞아요."

나도 괜히 우쭐해져 대답했지.

정사장은 장사하는 사람이라 그런지 셈이 아주 정확하더군. 값을 깎아주면 깎아줬지 책을 그냥 준 적은 한번도 없었어. 서운하진 않았어. 그 사람이 그렇게 행동하는 게 나도 편했으니까. 그래서 나는 돈을 내고 성경책 한권을 샀지. 그날 우리가 나눈 대화의 내용이나 서로의 분위기를 생각하면 돈을 안 받았어야 옳았던 건 아닌가 하는 생각도 들어. 그러니까 엄밀히 말하면, 정사장이라는 사람은 나를 좋아하진 않았던 것 같아.

나만 정사장을 좋아한 거라고 봐야 옳을 거야. 그 사람에겐 애인이 있었을지도 모르지. 애인이 없었다 해도 내가 별로 매력적으로 보이지 않았을 수도 있고. 하지만 어쨌든 나는 책장수가 좋았어. 그러니 영화나 소설, 시 속에 등장하는 멋진 연인들을 만나면 책장수를 나의 연인이라 상상하며 그 장면을 이불 속에서 떠올려보곤 했지. 그러면서 한편으로는 내 몸을 내 손으로 흥분시킬 수밖에 없는 외로움, 반복되는 수치스러움에서 벗어나고 싶다고도 늘 생각했어. 성경책을 사다놓은 후로는 더욱.

어쨌든 조금은 죄책감을 느끼며 내 상상의 연인 책장수에게 산 성경책을 밤마다 읽었어. 창세기를 펴보았지. 야곱을 찾아보고 싶었어. 야곱은 나에게 도움의 실마리를 줄 것 같았거든. 역시 그랬어. 야곱은 정말 신과 씨름한 사람이었어. 나는 그를 늘 생각하지 않을 수 없었어. 창세기의 주인공은 야곱 한 사람인 것 같았거든. 나는 알 수 있었어. 야곱에겐 그 새벽이 끝일 수도 있었어. 또한 그 새벽을 이겨낸 기쁨도 알 것 같았지. 신을 만났다는 걸 그는 진작 알아차린 거야. 끝이 중요해. 끝은 단순히 우리의 마지막 날을 가리키는 말이 아닐 거야. 그래서 삶은 우리를 덤벙거리게 하나봐. 언제인지도 모를 그 끝에서야 신이 나타난다는 걸 야곱은 도대체 어떻게 알았을까. 그것이 믿음이란 걸까. 나의 끝에는 최상의 것이 기다리고 있다는 확신과 배짱, 그런 게 믿음이라면 나도 믿음을 간직하고 싶어.

물론 야곱의 삶이 거기서 끝난 건 아니었지만 그의 절체절명의 순간, 그 순간을 과연 끝이라 불러도 모자라지 않을 만큼 외롭고 고통스러웠을 때 신은 나타나준 거야. 야곱의 삶이 그랬잖아. 그의 삶은 여기가 끝이 아닐까 싶을 정도로 늘 험난했어. 신은 그의 외롭고 고된 삶을 바라보며 눈물을 흘렸을 거야. 신도 그를 사랑했으니까. 확실해. 야곱은 다른 누구보다도 신의 사랑을 듬뿍 받은 사람이었어. 그는 기다릴 줄 알았고, 싸울 줄도 알았고, 사랑할 줄도 알았어. 그의 삶에는 다른 사람을 울게 만드는 뭔가가 있거든. 그게 그의 고난 때문이라면 그것은 야곱에게 축복이었음이 분명해. 신에게는 고난과 축복이 같은 뜻의 낱말이라는 걸 야곱은 간파해낸 거야. 신이야말로 사람 보는 눈이 있다고 봐야 옳겠지. 그렇다면 말이야, 신은 믿어볼 만한 존재인지도 몰라. 누구에게나 끝은 말 그대로 끝이잖아. 나에게는 끝이 아직도 멀었기 때문에 신이 나를 기다리게 하는 거라면 문제는 완전히 달라지거든. 그렇다면 신이 나를 속인 건 아니잖아. 어차피 끝은 내가 모르는 어떤 '그때'니까 그때까지는 그를 기다리며 믿을 수도 있는 일이잖아. 야곱이 기다리며 매달렸던 존재는 그를 창조하고선 정작 고통의 나락으로 내던져버린 신이었어. 이상하지? 야곱은 그를 고난에 빠뜨린 신이 곧 그를 구해줄 그 신이라는 걸 믿었기에 평생을 나그네처럼 살아도 그의 삶은 흐트러지지 않았던 거야. 신은 기다리는 사람에게만 축복을 준다는 걸 야곱을 보고 알겠더라구. 그렇다면 말이야, 정말 아무리 생각해도 이상하긴 한데 말이야, 혹시 신은 나를 사랑하고 있었던 게 아닐까, 그런 생각이 갑자기 드는데, 이 생각을 어느 누구에게 설명해도 '그렇다'고 인정받을 수 있는 자신감도 막 생겨나는데, 그렇기 때문에, 정말 나의 끝은 아직 멀고도 먼 건 아닐까 하는 생각이 머리에서 떠나지 않는 거야. 끝이 멀었다면 벌써부터 신을 저주할 필요는 없는 거잖아. 내 동생을 먼저 죽게 내버려둔 까닭을 기다리면 신이 알려주지 않을까, 어린 나에게도 혹독했지만 어미가 새끼의 죽음을 먼저 지켜보게끔 잔인할 수밖에 없었던 그 유감스런 이유도 기다리면 다 설명해주지 않을까, 그런 생각이 문득 드는 거야. 이렇게 되면 점점 복잡해지긴 하는데 말이야, 정말, 혹시, 신도 말이야, 그렇다면 신도 나를 몰래 사랑하고 있었던 건 아닐까, 그럴지도 모르는 일 아닐까. 그러니까 끝에 엄청난 걸 주려고 고통과 슬픔을 내게 먼저 던져준 건 아닐까, 나야말로 신을 진심으로 사랑하고 있었던 건 아닐까.

이런 생각들 때문에 나는 성경책을 덮을 수가 없었고, 밤마다 벽에 기대앉아 내가 건너보지도 못한 어떤 강을 떠올릴 수밖에 없었던 거라구.


이런 복잡하고도 헷갈리는 이야기를 책장수와 한번 더 나눠보고 싶었어. 어차피 야곱을 알려준 것도 성경책을 내게 판 것도 다 책장수니까. 신을 믿으며 내게 성경책을 판 것인지, 신을

믿으며 내게 야곱 이야기를 해준 것인지, 나는 정사장이라는
장사꾼과 진지하게 이야기해보고 싶었어. 근데 장사하는 사람
은 늘 바쁘더군. 그저 일상의 안부나 물으며 우린 시간을 흘려
보냈지.

그 결과 이젠 책장수를 만날 수 없어. 책장수를 마지막으로
본 수요일, 그날은 유일하게 책장수가 가게로 나를 불러들인
날이었어. 그리고 우리의 이야기를 몇마디라도 나눈 처음이자
마지막 날이기도 했지. 책장수가 가게문을 열고서는 건너편 건
널목 앞에 있는 나를 막 부르더라고. 이보세요 여기요 여기, 하
면서. 무슨 일인가 싶어 신호가 바뀌자마자 뛰어갔지.

가게에는 다른 사람도 아닌 엄마가 와 있더라고. 내 눈을 의
심하지 않을 수 없었어. 엄마가 집을 벗어나 삼거리까지 나왔
고 책을 사겠다고 가게에 들어온 걸 어떻게 받아들여야 할지
도무지 알 수 없었어. 혼자 어리둥절해 있는데 책장수가 먼저
입을 열었어. 설명하길, 엄마가 가게에 들어와 책을 고르다 말
고 유리문 너머를 빤히 내다보더래. 그러더니 건널목을 가리
키며 저 아이 우리 아이네 하더래. 부를까요, 하고 책장수가 물
으니 엄마가 고개를 끄덕이더래. 그래서 책장수가 잽싸게 문
을 열고 나를 부른 거라더군. 어쨌든 모든 건 기적이 아닐 수
없었지. 책장수 앞이라 내색하지 않으려 했지만 어딘가 겁도
덜컥 나면서 무척 조심스러웠어. 하지만 책장수는 아무것도
모른 채 커피를 타주며 마시고 가라고 엄마와 나를 끈질기게

붙잡았지. 우리 셋은 카운터 주위에 모였어. 가게 주인처럼 엄마만 의자에 앉았고 나와 책장수는 서서 커피를 마셨어. 커피는 너무 뜨거웠어. 콧등에 대번 땀이 솟았지. 무슨 일이 일어날 것만 같았어.

"가게 팔렸습니다."

역시, 묻지도 않았는데 책장수가 말했어.

"인사라도 하려고 기다렸는데 요샌 통 보이질 않아서 웬일인가 했죠."

엄마는 우리의 대화에 관심없다는 듯 종이컵을 들고 출입문 쪽으로 가버렸어.

"우리 정이 많이 들었죠."

책장수는 조금 작아진 목소리로 말했어.

"그렇게 애매하게 말하지 마세요."

나는 화가 나는 걸 겨우 참으며 말했지. 우리가 나눈 건 사랑이 아니라고 쐐기를 박는 것 같았거든. 우정이나 형제애 인류애, 이런 차원에서 정이 들었다는 뜻을 내게 주입시키려는 것 같았어. 아무튼 너무 갑작스러웠어. 꼭 나를 조종하는 것 같기도 했고. 보름 전쯤 우리가 나눈 야곱 이야기 같은 건 기억도 안 난다는 얼굴이었어. 정말 무슨 일이 일어나고야 말았지.

"내가 지금 잘하는 건지, 그것도 모르겠지만,"

나는 혀끝으로 아랫니 뒤쪽을 차례로 밀고만 있었어. 더 이야기하고 싶지 않았어. 뻔하잖아. 책장수는 내 얼굴을 살피느라 말을 잇지 못하고 있었지.

"돈 많이 벌었나봐요."

"가게 문제는 진작 말하려 했는데 떠나면서야 알려드려 서운하죠?"

"서운하죠. 그럼 이제 무슨 일 하시게요."

나는 아무렇지도 않은 듯 물었어. 하지만 무엇을 물었는지는 묻자마자 까먹었어. 엄마의 콧노래 소리가 들려오기 시작했지. 내 귀엔 그 소리가 무척 슬프게 들렸어. 처음 듣는 소리라 그랬을까. 책장수가 너무 간단하게 인사를 해와서 그랬을까. 마시던 커피를 흘려버릴 것만 같아 종이컵을 카운터에 내려놓았어.

"사실 전 공부를 더 하고 싶습니다. 더 늦기 전에요."

공부가 뭐가 중요해요 돈을 벌어야지요, 책장수를 붙들고 설득하고 싶었어. 그냥 여기 삼거리 책가게에서 장사를 더 하세요. 그러나 그래선 안 돼. 책장수가 나를 우습게 볼 거야. 그리고 가게 안에는 엄마도 있는데.

"역시 학구적이십니다."

"내가 알던 사람이 아닌 것처럼 왜 그래요. 결정 내리기 전에 그쪽 때문에 가장 고민을 많이 했는데."

책장수 얼굴은 붉어져 있었어. 누가 누구에게 화를 내는 건지. 책장수는 카운터 위에 펼쳐져 있던 신문을 갑자기 소리 나게 접어댔지.

"어떻게 말해야 할지 모를 땐 그냥 형식적으로 말하는 편이

라서요. 모르겠습니다. 갑자기 왜 우리가 이렇게 복잡해진 건
지. 어쨌든 이미 내려진 결정이잖아요."

엄마가 골라온 책을 무슨 정신으로 계산하고 가게를 빠져나
왔는지 모르겠어. 손에는 비닐봉투가 들려 있었고 내 옆에는
엄마가 있었지. 읽지도 못하실 책을 왜 사셨을까. 속으로 엄마
를 조금은 비웃었던 것 같아. 그런데 몇걸음 걷다보니 뒤에서
책장수 목소리가 들려오더군.

"한번 다시 들르세요. 책 세일할 겁니다. 완전세일이에요. 꼭
들르세요."

뒤돌아보지도 않았어. 책장수 목소리로 보자면, 당신이 무
척 기다리던 말을 내가 해주니 당신 지금 고맙지 않느냐는 투
였어. 거리를 달리는 차들 소리에 묻혀 책장수 목소리가 안 들
렸다면 얼마나 좋았을까. 아마도 야곱 이야기를 꺼낸 그날도
정사장이라는 책장수는 내게 성경책 하나 팔아먹기 위해 야곱
어쩌고저쩌고 하며 상술을 폈던 걸지도 몰라. 거기에 넘어가
그 자리에서 성경책을 산 내가 덜된 사람이었지. 아무것도 모
르는 엄마는 내 대신 손까지 흔들며 인사를 보내더군. 엄마는
어딘가 들떠 있는 얼굴이었어.


집으로 돌아와 저녁도 먹지 않고 내 방에 누워 있는데 엄마
가 나를 찾아왔어. 엄마는 갑자기 너무 달라져 있었어. 아니, 내
가 엄마를 자세히 관찰하지 않았기 때문에 엄마의 상태를 몰

랐던 거였을 수도 있어. 엄마는 자꾸 내게 무슨 말을 걸고 싶어 하는 눈치였지. 아무 말도 하기 싫은 날 하필 엄마는 다른 날과 완전히 다른 모습으로 내 앞을 서성거렸어.

"뭐요?"

내가 먼저 퉁명스럽게 입을 뗐지.

"이 옷 이제 버릴까봐."

엄마는 거무칙칙한 윗도리를 내보이며 기다렸다는 듯 말했어. 엄마의 얼굴은 문가에 서서 방 안으로 들어설까 말까를 망설이는 얼굴이었지. 저 옷, 어깻죽지 있는 데가 찢어진 옷이야. 언젠가 내가 찢어뜨렸거든. 어떤 자식새끼가 엄마 멱살을 잡아 흔들어 옷까지 찢어뜨릴까. 그날따라 엄마는 숨이 막히도록 답답하게 굴었어. 냉장고가 꽉 차도록 반찬을 만들어놓고서 나더러 또 장을 봐다 달라고 하는데 그 순간 판단력을 잃었던 것 같아. 아무도 먹지 않아 상해서 버리기만 하는 반찬을 왜 매일 새벽부터 만드는 거야. 그렇게 만들고 싶으면 왜 직접 장을 보지 못하는 거야. 나는 소리 질렀어. 왜 집안에만 있느냐고 밖으로 좀 나가라고. 엄마를 현관 밖으로 떠밀었어. 마루로 다시 도망치는 엄마를 끌어내 멱살을 잡아버렸지. 엄마 얼굴은 아주 가관이었어. 현관 밖이 무슨 벼랑 끝이라도 되는 것처럼 벌벌 떨며 살려달라고 소리쳤어. 누가 엄마를 죽인대요, 숨이 막혀 엄마가 죽을지도 모른다고 생각하면서도 두 손아귀에 더욱 힘을 주었어. 짐짝 다루듯 엄마를 밖으로 끌어내고야 말았지. 살려주세요 선생님 한번만요 잘못했습니다, 엄마는 내 얼굴을 알아보지 못하는 눈동자로 선생님 잘못했습니다만을 외쳐댔어.

"예배드리러 안 갈래?"

엄마가 왜 이러실까, 왜 나를 따라다니며 슬프게 하실까. 나는 다시 벽을 향해 누우며 피식 웃었어. 엄마는 방 안으로 들어와 옷을 방바닥에 내려놓은 것 같았어. 엄마의 숨소리가 아주 가까이서 들렸지.

"또 뭐요?"

"박내과 3층에 있는 교회는 수요일마다 예배드린다."

나는 벽을 향해 드디어 웃음을 터뜨렸어.

"거기만 그렇대요?"

나는 여전히 엄마를 외면한 채 대답했어. 엄마가 무슨 말을 더 할 것 같아 아무 말 안 하고 있는데 별 반응이 없어 몸을 뒤척이는 척하며 엄마를 올려다보았지. 그랬더니 엄마는 믿을 수 없다는 고갯짓으로 나를 내려다보고 있더라고.

"다른 교회도 수요일에 예배드리니?"

"진짜 예배는 일요일에 보잖아요."

"그때 드리는 게 진짜 예배니?"

"그냥 하는 말이지 진짜 가짜가 어딨어요."

"그럼, 가볼래? 수요일에도 가보고 일요일에도 가보고."

어떻게 된 일인지 몰라도 어쨌든 나는 엄마를 따라나섰지. 말 그대로야. 엄마가 앞장섰고 나는 그 뒤를 건들건들 따라갔어. 엄마는 버리겠다던 그 옷을 입고 나왔어. 이루 말할 수 없이 촌스러워 웃음이 다 나왔지.

박내과 3층에 있는 교회는 밖에서 봤을 때보다 꽤 컸어. 예배당 가운데 사람 하나 지나갈 틈만 남겨놓고는 다 예배용 긴의자뿐이었지. 자리마다 사람들이 거의 차 있더라구. 엄마는 사람들과 벌써 얼굴을 익혔는지 이리저리 둘러보며 눈인사를 보내더군. 엄마의 얼굴은 어느새 불그스름하게 변해 있었지.

"맨날 혼자 오다 너랑 같이 오니까 참 좋다."

아주 신이 나 보였어. 앞줄의 부부로 보이는 할아버지 할머니를 향해서는 작은 목소리로 나를 소개시키기까지 했어. 우리 아이요 우리 아이, 큰아이요.

예배를 보는 동안 나는 엄마를 관찰했어. 엄마는 무척 진지했어. 집중력도 대단했고. 궁금한 게 갑자기 많아졌지. 엄마가 어떻게 여기를 찾아오게 됐는지, 그리고 왜 오려고 했는지, 집 밖으로 엄마 혼자 나오게 된 것인지, 누가 엄마를 불러낸 것인지, 그러고보니 요새는 반찬을 하루에 한 번씩만 만드는 것 같은데 정신을 차린 것인지. 그런 딴생각을 하다 고개를 들고 설교중인 목사를 예의상으로라도 한번 바라보려는데 어디서 많이 보던 얼굴이 눈에 들어왔어. 책장수였어. 내 오른편이었지. 책장수는 피아노 옆 예배용 의자 가운데에 앉아 있었어. 왜 저기에 책장수가 앉아 있을까. 내가 책장수를 발견하고 눈여겨보는 걸 엄마도 알았는지 작게 속삭여주었어. 정사장님이잖아 정사장님. 저 사람이 정사장인 걸 엄마는 어떻게 알았을까. 그럼, 엄마는 책장수를 전부터 알고 있었다는 소리인가. 오늘 책가게에서 엄마를 만난 것도 우연이 아니란 소리인가. 문제의 정사장님은 설교에 완전히 몰두해 있었어. 엄마도 앞을 향해 앉으며 곧 진지한 얼굴로 돌아갔지.

지루한 예배가 끝났어. 나는 먼저 나간다는 손짓을 하고는 예배당을 잽싸게 빠져나왔어. 박내과 건물에서 50미터 정도 가면 책가게였거든. 그쪽을 바라보았어. 1분쯤 서 있었을까. 책가게로 달려가보았지. 그랬더니 정말 책장수는 안 보이고 앞치마를 두른 알바생만 보이더군. '점포정리 도서헐값정리'라고 크게 써붙여놓아서 그런지 다른 날보다 사람이 많았지. 하지만 분명히 책장수는 없었어. 묘한 장사꾼. 다시 박내과 건물을 향해 뛰었어. 사람들이 엘리베이터에서 내리더군. 이마에 돋아난 땀을 닦으며 엄마를 기다렸어. 엄마는 한참이 지나서야 나타났지. 그 옆에는 정사장이 있었어. 도망쳐버릴까, 순간 생각했어. 아니지, 내가 도망칠 까닭은 없지. 무엇이 부끄러워서? 왜?

"성격 급하십니다. 언제 내려왔어요?"

책장수가 먼저 입을 열었어. 낮에 우리가 나눈 대화는 거의 생각도 안 난다는 얼굴이었지. 이제 생각해보니 책장수 얼굴은 늘 그랬어. 장사로 굳어진 친절한 얼굴. 내가 그리던 마음의 연인을 떠올리며 인사를 건넸을 때 나를 향해 웃어주던 사장님으로서의 친절한 얼굴. 그것을 왜 나는 책장수가 부끄러움을 많이 타는 사람이기 때문에 그런 것이라고 혼자 단정지어버렸을까.

엄마와 나와 정사장은 우리 집을 향해 걷기 시작했어. 야곱 이야기를 꺼낼 분위기는 아니었어. 낮에 하던 이야기를 꺼낼 분위기는 더욱 아니었고. 아니, 세 사람이 모이니까 분위기랄 것도 없고, 자포자기한 마음이기도 했어. 집에 거의 이르러서야 정사장이 입을 열더군.

"연락드릴게요."

누구에게 하는 소리인지 알 수 없었지. 엄마는 정사장 손을 잡고 조심히 가라고 인사를 했어. 잘 될 테니 걱정마세요, 하며 엄마는 존댓말을 쓰더군. 두 사람 모두 붙잡고 있는 손을 놓을 생각을 안 했어.

"공부 열심히 하세요."

고개까지 숙이며 내가 한마디했지.

"그러지 말고 내일 꼭 들르세요. 이게 뭐예요. 우린 정이 많이 들었잖아요."

또 그 소리. 이번엔 무슨 책을 팔아먹고 싶어서. 나는 이미 삐딱해진 상태였지. 사기를 당한 것만 같은 기분을 좀체 지울 수가 없었어. 자기는 떠난다고 말해놓고선 갑자기 친한 척해대는 뻔뻔한 사람. 글도 읽을 줄 모르는 엄마에게까지 책을 팔아먹은 지독한 장사꾼. 도대체 엄마는 어떻게 정사장을 알게 된 거야. 나는 정사장과 마주보고 서 있기조차 싫었어.

"지금 제 상황이 너무 혼란스런 때라서, 중요한 사람들에게 정작 무슨 말을 해야 할지 모르겠네요. 그래서 나는 늘 실패하는가봐요. 그래도 좀 섭섭하네요. 이렇게 덤덤하게 나올 줄은 몰랐습니다. 내일 꼭 들르세요. 기다릴게요."

정사장은 몹시 우울한 목소리로 말했어. 갑작스런 발언이었지. 진심이 아닐 거라고 생각했어. 그리고 그런 내 생각을 들켜도 상관없다고 여겼기 때문에 나도 꽤 여유 있게 말할 수 있었어.

"어서 가보세요. 가게 일 바쁘실 텐데. 그리고 성공하십시오. 나도 지금 혼란스러워서 뭐가 뭔지 모르겠어요."

정사장은 갑자기 큰기침을 내뱉었지. 너무 어색한 소리였어. 그러곤 손짓으로 대문 반대편 어딘가를 가리키는데 얼굴은 엄마를 향하고 있더라고. 나는 곧 눈치를 챘지. 엄마에게 먼저 들어가라고 말하고 내가 앞장섰어. 골목을 벗어나 세탁소 앞에서 걸음을 멈췄지. 세탁소 부부는 텔레비전을 보고 있더군. 우리를 힐끔 보더니 손님이 아니라는 걸 금방 알아채고선 계속 텔레비전만 보더군.

"뭔가 잘못 돌아가고 있어요. 답답해 죽겠습니다."

정사장이 먼저 말문을 열었어. 오늘밤이 마지막 기회일 거라는 생각이 들더군. 단지 정사장과의 만남이 마지막이라는 게 아니라, 사람과의 소통이 잘하면 이걸로 끝일 수도 있겠다는 생각이 갑자기 들더라고. 몇초 전에는 생각지도 못했는데, 이 사람과 말이 통하지 않으면 나는 어느 누구와도 말할 수가 없다는 걸 세탁소 앞에서 깨닫고 말았지. 최선을 다하기로 했어.

"나이도 어리고 하는 일 없다고 나를 무시하지 마십시오."

잠바주머니에 찔러 넣었던 두 손까지 빼내며 말했지.

"그런 말이 어딨어요. 내가 가게를 그만두기까지 얼마나 힘들었는데요. 그쪽과 헤어지는 일이 생각보다 어려워서 나도 얼마나 당황했는데요."

"나에게 친절했던 건 압니다. 그렇지만 누군가와 친해지니까 마음이 늘 불안해서 나도 힘들었어요. 그냥 정사장님이었더라면 더 좋았겠습니다. 나는 끈질기지 못한 사람이에요. 돈 많고 유명한 사람들 하나 안 부러워요. 끈질긴 사람이 제일 부러워요. 말로 정리가 안 되는 부분이 정말 있잖아요. 끈질긴 사람들은 그래도 어떻게든 해결을 보더라구요. 나는 그게 안 돼요. 기분이 정말 개떡같고 그냥 피하고만 싶을 뿐입니다."

음식 배달 오토바이가 우리 쪽을 향해 전속력으로 달려오고 있었어. 나는 잠시 말을 멈췄지. 말을 시작하니 오히려 마음이 편안해지더군. 내가 하고 싶었던 말도 아니었고 내가 하고자 했던 말도 아니었는데 말들이 알아서 쏟아져나왔어. 늘 누군가와 말을 하고 싶었던 내 자신을 그때서야 발견했지.

"무엇 때문에 회가 났는지 설명 안 해도 됩니다."

차분해진 목소리로 정사장이 말했어.

"여기서 모든 걸 설명하는 건 좋지 못한 방법 같아요. 그쪽

말처럼 말로 정리가 안 되는 게 정말 있어요. 그건 놔두기로 합시다. 내 개똥철학 가운데 하나가 바로 이건데, 끝인사는 필요 없다, 그쪽이 나를 찾아오지 않으면 내가 그쪽을 찾아가 만나면 되는 일이거든요. 우리는 헤어지는 게 아니잖아요. 가게만 처분했을 뿐입니다."

오토바이는 큰길가를 향해 요란한 소리를 내며 사라졌어. 세탁소 부부는 번갈아 우리를 힐끔거리곤 했지.

"정사장님은 진심을 밝히지 않는다고 생각했습니다."

망설이지 않고 나는 말했지.

"장사꾼이라고 사람 무시합니까?"

빠르게 맞받아치더군. 농담투긴 했는데 약간 기분 나쁜 얼굴이었어.

"그거야말로 어떻게 말로 설명하겠어요. 우린 서로에게 너무 관심이 많아 탈이라는 생각 안 해봤어요?"

듣기 싫진 않았지. 역시 정사장은 나보다 한수 위였어.

"이유는 모르겠는데, 불안한 맘도 화가 난 맘도 오래갈 것 같습니다. 이렇게 말하기까지도 나는 힘들었구요, 헷갈렸습니다."

세탁소 아저씨가 일어나 텔레비전을 끄더군.

"당혹스러운 마음 이해가 가요."

"내가 싸움에서 진 거죠?"

잠바주머니에 도로 두 손을 넣으며 나는 말했지.

"나는 그쪽 싸움 상대가 아니에요. 누구와 싸우기엔 벌써 너무 지쳤거든요."

"그래도 거짓말은 잘하잖아요."

"내 상황이 정리되면 꼭 연락드리겠습니다. 진심인지 거짓말인지는 그때 판단하세요. 그래도 늦지 않으니까."

"내가 버릇없다고 생각하시죠? 한심해 보이죠?"

내가 생각하기에도 큰 목소리로 말했지.

"그런 나에게 야곱 이야기는 왜 한 건데요? 정사님에게는 야곱이란 사람이 중요한 사람이잖아요. 그런 이야길 굳이 나에게 할 이유는 없었잖아요. 정신 차리라고 한 말인가요? 성경책 팔아먹으려고 한 말인가요? 내가 이해하지 못할 거라 생각했던 건 아닙니까."

말을 마치자마자 내 입에서는 대번에 병신이란 욕이 흘러나왔지. 나 자신이 이런 병신인 줄은 나도 몰랐는데 몹시 심각한 정도였어. 다신 정사장님을 볼 수 없을 거란 생각이 들더군.

"그런 게 궁금했다면 어렵지 않게 말해줄 수 있습니다."

정사장은 정확히 나를 바라보며 말했어.

"내게 죽은 동생 이야기를 해준 그 이유랑 같아요. 내 편이 그리웠습니다. 그것뿐이었어요."

기분은 벌써 잡쳐버린 거고, 과연 제대로 우리가 헤어질 준비를 하는 건지도 알 수 없었지. 하지만 화가 가라앉질 않았어. 내가 정사장에게 정말 중요한 사람이었다면 이런 일은 있을 수 없는 거잖아. 자기 사정 복잡하다고 이렇게 조롱하듯 사라져버리면 내 마음은 얼마나 더럽겠어. 우리가 과연 같은 편이 될 수나 있겠어. 핑곗거리가 막히지 않고 근사하게 제시되는데 내가 어떻게 더 싸울 수 있겠어. 아니나다를까, 정사장은 이쯤에서 그만하자는 얼굴이었어. 짜증스러울 정도로 불투명한 걸 즐기는 사람이었지. 화가 더 치솟아오르는 기분이더군. 그런데 마침 돌아버리게도 우리 집 골목에서 엄마가 어슬렁거리며 나오는 게 보였어. 어쩌면 엄마는 들어가지 않고 그 자리에 서서 줄곧 나를 기다렸는지도 몰라.

　정사장은 우리가 언제 대화를 나눴느냐는 듯 엄마에게 다가가 공손하게도 말하더군.

"아무쪼록 건강하세요."


　깜깜한 밤이 찾아왔어. 안 좋은 하루였어. 이게 사랑에 빠진 나의 모습일까. 누워 천장을 바라보며 생각했지. 사랑을 나누려다 자존심만 다쳐버렸어. 사기당한 기분, 무시당한 기분. 그런데도 나를 찾아오겠다는 어떤 사람과 나눈 대화, 그리고 자꾸 뜻을 헤아려보게 되는 일상적인 그 문장들이 나를 날카롭게 했지. 그래서 우울했지. 자존심이 상했으면 아예 생각도 하지 말아야 하잖아. 그래야 복수를 하는 거잖아. 그런데 그렇게 안 되는 거야. 내 우울한 맘을 엄마도 눈치챘는지 더이상 나를 방해하진 않았지. 엄마와도 할 이야기가 많았어. 그러나 당장은 하고 싶지 않았어. 집은 조용했어. 아버지는 복덕방 친구 분들과 또 밤낚시를 가셨지.

왜 우울한 거지?

나는 책장수를 동네 책가게 사장님이라고는 한번도 생각하지 않았어. 하지만 정사장은 나를 늘 손님으로 생각했겠지. 분명 우리 둘의 생각에는 차이가 있었던 거야. 하지만 '날 어떻게 생각하느냐' 그런 걸 따져묻는 게 쉬운 일은 아니잖아. 그건 정사장이 나를 다시 만나러 오면 자연스레 밝혀질 문제긴 한데, 사실 연인과 손님의 차이는 하늘과 땅 차이만큼이나 엄청난 거잖아. 그런데도 그걸 말해주기 전에는 구분하지 못하는 나 같은 사람은 어딘가 모자란 사람이 아닐까. 아까는 왜 그런 걸 묻지 못했을까.

나는 정사장의 도구였던 건 아닌지 말이야. 사랑에 빠졌다는 모든 사람들에게도 묻고 싶어. 그/그녀가 철저히 도구적인 존재는 아닌지 하고 말이야. 그리고 인정하기 어렵겠지만, 그 존재 또한 영원히 일시적이지는 않은지. 마찬가지로 그렇다면, 사랑은 어느 한 순간과 시점의 감정을 지칭하는 낱말 그 이상도 이하도 아니지 않은지. 그/그녀는 어쩌면 사랑이라는 낱말을 나와는 다른 뜻으로 정의하고 있을지도 모르잖아. 섹스, 교감, 바라봄, 아니면 토멕처럼 아이스크림을 같이 먹으러 가는 행위, 혹은 책을 싸게 팔아먹는 것, 그리고 혼란스런 상황이 정리되면 찾아오겠다는 말을 함부로 내뱉는 것, 이것이 다 사랑의 정의일 수도 있고, 아닐 수도 있는 거잖아.

그러니 내가 정사장 나이 정도 되면 나는 사랑을 무엇이라고 정의하게 될까.

다시 정리를 해봐야겠어. 그렇지 않으면 밤을 꼬박 새울 테니 말이야.

먼저, 나는 사기를 당한 건 아니야. 사기를 당하기엔 가진 게 너무 없잖아. 또한 정사장이 나를 무시한 것도 아니야. 그런데 나는 화가 나 있어. 정사장은 자신의 마음을 내게 전한 거나 다름없어. 하지만 나는 내 마음을 제대로 전하지 못했다고 봐야 옳아. 정사장은 따뜻하게 나를 대해줬지만 나는 공격적이었던 것 같아. 도대체 사랑에 빠졌다는 사람이 왜 이렇게 삐딱해진 걸까. 나는 사랑이 아닌 다른 것에 빠진 건 아닐까. 생각해보면 승부욕 같은 것은 아니었는지.

나는 화가가 부러웠어. 토멕에게서 위로를 얻는, 어딘가 헤퍼 보이는 그녀가 부러웠어. 화가는 사랑에서 힘을 얻어. 사랑에는 우리 삶의 모습을 관찰하는 눈이 있다고 생각해. 재미있지? 사랑이 우리를 관찰해. 더이상 잃을 게 없는 사람 옆으로 사랑은 다가가주는 것 같아. 화가에게는 잃을 게 없었을 거야. 토멕보다 더 외로웠을 거고. 그러니 토멕이 잃은 것과 그녀가 얻은 것을 합하면 0이 되는 거야. 사랑은 공평해. 토멕도 사랑의 소통이 가능한 누군가를 만나 (물론 누군가가 바로 화가일 수도 있어) 자신이 잃은 것을 합하여 언젠가 0을 만들 수 있을 거야. 다시 강조하지만, 토멕이 위로받을 차례니까. 사랑은 나누는 거니까. 그 상상이 나를 기죽지 않게 도와주리라 믿어. 사랑이 나를 언젠가는 도와주리라는 기쁘고도 기쁜 상상.

0으로 남겨진다, 모든 건? 그/그녀 인생 마지막 순간이나 내 인생의 마지막 순간에, 아마도 모든 건 공평해지지 않을까. 정사장에게도 언젠가는 0을 만들 상대방이 나타나겠지. 소문처럼 황당하게 이혼당했다면 정사장에게야말로 기다리던 상대방이 곧 나타나겠지. 그 상대가 내가 아니라 해도 문제될 건 없을 테고. 승부욕은 판단을 흐리게 해. 얻음과 잃음은 끝에 가서 똑같아져. 그래, 나를 위로하는 것도 나쁘지는 않아. 그리고 이렇게 정리하니 마음도 편해지잖아.

정사장은 삼거리 책가게를 떠났어. 내가 꼭 지나다녀야만 하는 삼거리가 싫어졌어. 삼거리들은 왜 다 비좁고 시끄러운지. 엄마는 삼거리가 마음에 드나봐. 어쩌면 영역을 넓혀 사거리나 오거리를 찾아 나 몰래 헤매고 있는지도 모르지. 그렇게 무턱대고 헤매다 겁이 난 엄마는 정사장 책가게에 발을 들여놓았던 게 분명해. 나의 추측이지만 엄마의 설명을 들으니 그런 것 같았어. 길을 묻기 위해 가게에 들어갔는데 너무 친절하게 알려줘서 매일 들르다시피 했다고.

덕분에 엄마는 이제야 완전히 한글을 익혔어. 열심히 공부했더군. 정사장 가게에서 사다놓은 책들이란 게 다 동화책이더라구. 콩쥐팥쥐, 백설공주, 성냥팔이 소녀, 홍길동전, 소공녀. 읽지도 못할 책을 사들인 건 아니었어. 엄마의 한글 선생님이 누구인지 궁금했지. 짐작은 했지만 설마설마 했거든.

"정사장님이 갈쳐췄어. 글을 읽을 줄 모른다니까."

엄마는 장에서 사온 바지락을 소리 나게 씻으며 말했어.

"정사장이 뭐라 하지 않았어요? 엄마를 무시했다든가, 깔봤다든가? 예?"

나는 괜히 소리질렀어.

"아냐, 정사장님은 자기도 국문을 늦게 깼다고 했어."

엄마가 갑자기 안방으로 들어가더라고. 그러더니 공책을 들고 나와선 내 앞에 펼치는 거야.

"이렇게 많이 갈쳐췄어. 너보다 공부 더 많이 했지?"

나는 네모칸 그려진 공책을 건성으로 넘겼어. 엄마와 정사장의 뜻밖의 만남, 정사장이 엄마에게 쏟은 애틋한 정성, 정사장을 향한 엄마의 맹목적인 신뢰, 이런 것들을 종합해보니까 정사장이 나를 꼭 찾아올 것도 같았지. 마치 우리는 한식구인 것 같았거든. 마음이 뭉클해지기도 했어. 삐뚤삐뚤한 엄마의 글씨들도 내 맘을 저 밑에서부터 울렸지. 얼마나 공을 들여 썼는지 나는 알 수 있었거든.

"정사장님은 참 똑똑하고 착해."

엄마는 젖은 손을 마른 행주에 닦으며 말을 이었어.

"이젠 다 읽을 줄 알아. 쓸 줄도 알고."

"정사장은 돈과 시간이 많아서 그랬던 거예요. 그래야 엄마
한테 책도 팔아먹을 수 있으니까 그랬던 거라구요."

"모르는 길도 많이 갈쳐줬어."

소리도 없이 다가온 엄마는 내 손에 들려진 공책을 조심스
럽게 빼냈어.

"손님이니까 친절하게 대해준 거라구요."

덜그럭거리며 엄마는 개수대 아래칸에서 냄비만 꺼내더군.

"바지락칼국수 해줄까?"

저녁으로 바지락칼국수를 먹고 엄마는 또 공부를 시작했어.
건성으로 틀어놓은 텔레비전 앞에서 나는 소리를 높였다 줄였
다 하다 그것도 재미없으면 채널을 이리저리 돌려보며 심심함
을 달래고 있었지. 엄마는 밥상 앞에서 고개를 숙인 채 공부에
열중해 있었어. 엄마에게 다가가보았지. 무엇을 쓰나 들여다보
고 싶었거든. 내가 다가가도 엄마는 신경도 쓰지 않았어. 엄마
는 오늘 저녁으로 먹은 '바지락칼국수'를 연습하고 있더군. 바,
지,락,칼,국,수를 한자 한자 꼼꼼히 써내려가는데, 보니까 '칼'
자를 제일 못 썼더라구. 혼잣말로 '칼'자 칸 밖으로 삐져나왔는
데, 하니까 엄마는 모든 '칼'자를 지우개로 지우더니 다시 쓰더
군. 엄마의 그런 모습은 소녀처럼 사랑스러워 보였지. 방해하
고 싶지 않아 다시 텔레비전 앞으로 다가갔어. 그랬더니 엄마
가 나를 부르는 거야.

"이것 봐라."

무슨 일인가 싶어 엉덩이 걸음으로 엄마에게 다시 갔지.

"뭐요?"

"나 잘 쓰지."

엄마는 우리 식구들 이름을 쓰고 있었어. 아버지 이름, 엄마 이름, 내 이름. 그러고는 자세를 고쳐 앉더니 내 이름 밑에 한 이름을 또 써내려가는데, 가만 보니 그 이름은 '규옥'이었어.

"잘하다 왜 또 이래요?"

나는 소리부터 질렀어. 그 이름을 아직도 기억하며 공책에 써 보이기까지 하는 엄마 얼굴을 흘겨보지 않을 수 없었지. 내 가슴이 너무 뛰기 시작했거든. 엄마는 가끔 이렇게 나를 속터지게 해. 그건 너무 오래전 일이야. 우리가 싸워서 이길 수 없는 상대였잖아. 엄마도 피해자인 거라구. 그래서 병까지 들었던 거잖아.

"지금 스물 됐겠다. 좋은 나이 아니니?"

"엄만 잘못한 거 없어요."

나는 쥐고 있던 리모컨을 놓았어. 아니, 손에 땀이 많이 나서 스르르 빠져나간 건지도 몰라. 엄마를 달래야 할지 더 몰아세워야 할지 그것도 알 수 없었어. 사실 규옥은 스물은커녕 백살이 되어도 우리를 떠날 수가 없어. 길을 가다가도 큰 눈에 얼굴이 하얗다 못해 푸르러 보이는 젊은이를 만나면 나는 다리가 떨려 걸을 수가 없어. 우리 동생이 컸으면 저런 얼굴로 자랐겠다, 저렇게 멋지게 컸겠다, 규옥을 닮은 사람을 몽유병자처럼 따라가다 집에서 멀어진 후에야 그 헛짓을 그만두곤 했는데. 그걸 엄마에게 들켜선 안 돼. 엄마도 이젠 이런 헛짓을 그만둬야 한다고.

"작은아이들은 엉뚱하기도 하지만 붙임성이 아주 좋대. 정도 많고."

"그러다 엄마 마음에 또 병들어요. 그러지 마세요, 정말."

나는 밥상을 밀어내며 엄마 앞으로 다가앉았어. 요즘 들어 엄마의 얼굴을 이렇게 가까이서 들여다본 적은 없었던 것 같아. 이젠 눈물을 흘려도 엄마의 입술은 떨리지 않아. 건조한 가죽을 타고 겨우 흘러내리던 눈물도 금세 말라버리더군. 울지 마세요, 이건 아마도 규옥의 목소리였겠지. 내 속에서 젖먹이의 옹알이 소리가 들렸어. 나마저 울어선 안 돼. 그럼 싸움에 지는 거야.

"아냐, 아파서 하는 말 아니야. 그렇지만 아이가 생각나는 걸 참지는 말라고 그랬어."

"누가요?"

나는 급하게 엄마를 다그쳐댔어.

"정사장님이 그랬어. 자기도 그런 병에 걸렸었는데 생각날 때마다 숨기지 않고 아이 생각을 많이 하니까 병에 안 걸렸다고 그랬어."

엄마는 밥상을 당신 앞으로 끌어당기며 계속 말했어.

"다신 병에 걸리지 않을 거야. 병에 걸리면 네 이름도, 작은 아이 이름도 생각이 하나도 안 나. 정말 병신 같지 않니."

엄마는 연필을 꼭 쥔 채 눈빛 하나 움직이지 않고 큰 목소리로 말했어. 그렇게 다부진 엄마의 얼굴은 태어나서 처음 보았어.

"아이들 이름도 모르면서 끼니만 챙겨주면 다 엄마니?"

엄마는 텔레비전을 향한 채 작아진 목소리로 또 말했지.

"이제 병을 이기는 중이야."

"연필 이리 줘봐요."

뭉툭해진 엄마의 연필을 그 자리에서 깎고 싶어 견딜 수가 없었어. 그래야 윽박지르는 일을 멈출 수 있을 것 같았거든. 집중해야 눈물을 참기도 쉽고. 엄마는 연필을 내게 건네주고는 공책을 펴더니 펼쳐진 곳의 낱말들을 하나 하나 읽기 시작했어. 아침, 길거리, 삼거리, 아이들…… 잠시 멈추더니 손바닥으로 눈가를 슥슥 닦고 또 이어서, 아주머니, 정사장님, 책가게, 동화책, 커피, 월, 화, 수, 목, 금, 토, 일. 엄마의 목소리 위로 정사장의 목소리도 겹쳐지는 듯했지.

영화는 끝났어. 영화를 보고 나면 다른 별에 갔다 온 느낌이야. 내가 그 정도로 몰입해서 봤다는 소린 아니야. 영화는 생각지도 못했던 사람을 생각나게 해. 때로는 잊고 있었던 장면도 떠오르게 하고. 비현실의 이야기를 엿보다 늘 현실의 이야기를 떠올리게 돼. 참 당혹스러워. 도망쳐 숨었다는 곳이 정작 내가 피하려 했던 그곳이더라구. 영화보기는 꼭 우주여행 같아.

　노고산동을 떠나온 지가 이십년이 넘어. 그런데도 가파른 고 갯길이 생각나. 영화를 보고 나면 영화와는 상관도 없는 그곳 이 생각나. 그 시절 못사는 동네에는 미친 사람이 하나 둘 있곤 했잖아. 아마 노고산동 사람들이 꼽았던 미친 사람은 바로 엄 마였을 거야. 갓난쟁이 잃고 정신이 살짝 돈 여자가 살았었다 고, 사람들은 우리가 떠난 뒤에도 쑥덕댔겠지. 그래도 엄마는 말 그대로 곱게 미쳐서 밖으로 나돌며 사람들을 해코지하진 않았어. 내 눈에는 천식환자였던 주인집 아저씨가 더 끔찍했 어. 돈은 많은데 몸은 병들어 불덩이 같은 욕심만 안고 살던 아 저씨. 노고산동은 지금도 거기에 있을까. 규옥이 입원했던 병 원이며, 내가 다녔던 초등학교며, 어린 내가 날마다 찬거리를 사날랐던 시장이며, 아버지가 살다시피 한 당구장이 다 그 언 저리에 있었는데. 지금까지도 내가 신촌로터리를 싫어하는 이 유는 단 하나야. 우리 식구는 도망치듯 그 동네를 떠나왔어. 어 린 마음에도 이제 우리는 어디 가서 살까. 노고산동을 떠나면 우리는 거지가 되지 않을까. 그래도 규옥이 태어난 동네에 살 아야 규옥도 하늘나라에서 마음을 놓지 않을까. 그래야 혹시라 도 다시 찾아올 때 길을 잃어버리지 않을 텐데. 마음 졸이며 엄 마 아버지를 따라나섰던 기억이 나. 그때 모든 건 끝이었어. 다 시 찾아오고 싶지 않았어. 하지만 우리가 생각한 끝은 끝이 아 닐 수도 있다는 걸 이제 알았어. 그러니까 지나간 날에서건 앞으로 올 날에서건 끝은 삶의 덤일 수도 있어. 고난의 모습일 때도 그것은 마찬가지라고 생각해.

어쨌든 다시 여기, 사람들이 모여 사는 지구로 어렵사리 귀환했어. 노고산동은 늘 거기에 있었지. 찾아가지 않아도 알 수 있어. 노고산동을 한바퀴 돌아야 지금 사는 동네에 이르거든. 돌아와보니 나는 연필을 깎고 있네. 엄마는 마루에서 잠이 들었고. 막 글을 깨우친 엄마 얼굴 말이야, 막 사랑에 빠진 토멕 얼굴과 비슷한 것 같아. 화가랑 데이트하던 밤에 평소에는 입지도 않던 멋진 재킷을 입고 카페에 앉아 있던 토멕의 얼굴을 생각해봐. 사랑에 너무 깊이 빠져 그는 곧 기절할 것처럼 보이지 않았냐구. 엄마 얼굴이 그래. 글자란 글자는 다 읽어야 속이 후련한가봐. 문맹을 탈출한 기쁨으로 엄마는 곧 기절할 것만 같아.

앞으로는 엄마를 우습게 보지 않을 거야. 엄만 병들지 않을 거라고 분명히 나를 보며 말했어. 정사장은 다시 연락하겠다고 몇번이나 다짐했고. 그래서 나는 이 두 사람 덕분에 행복해. 우리의 묘한 삼각관계는 이제부터 시작인 셈이라 해도 되겠지. 이제 신과도 다시 싸울 수 있을 것 같아. 기다리는 것도 싸움의 한 방법이 아니고 뭐겠어. 신과의 한판에서도 물러서지 않는 멋진 쌈꾼이 될 거야. 그리고 언젠가는 이 영화를 엄마와 함께 꼭 다시 볼 생각이야. 엄마는 이 영화를 뭐라 평할지 그게 참 궁금해.

아버지가 숨겨놓은 술이 집안 어딘가에 있을 텐데. 밤비는 그치질 않고, 맘을 울리는 영화도 보았는데 그냥 잠들 순 없지. 술을 찾아내지 못하면 오늘 밤은 잠들기 힘들겠어.

'넌 도대체 무슨 재미로 사니.'

　내가 사람들로부터 자주 듣는 질문이다. 내가 사는 모습이 그렇게 재미없어 보이나보다. 하지만 나는 아주 재미가 있다. 딱히 뭐라 말할 순 없지만, 읽고 쓰며 단조롭게 사는 게 좋다. 즉, 단조롭게 살 수 있는 상황 자체가 무한 감사하기에 다 재밌고 다 감동이다.

　두번째 책을 펴낸다. (경기문화재단에서 창작지원금을 받지 못했다면 분명 이번에도 미루고 미뤘을 것이다.) 소설집에는 일곱 편의 단편이 실려 있다. 「야곱의 강」(『파라PARA 21』 2004년 봄호)을 통해 소설을 사건도 없고 반전도 없이 '이 모양 이 꼴'로

쓰면서 소설가 지망생의 조급한 마음을 스스로 돌아보는 법을 배웠다. 그런데 이 작품으로 등단까지 했다. (심사를 맡았던 최윤 선생님, 다시 한번 감사드립니다!) 못난 소리인 줄 알지만, 「야곱의 강」으로 등단했다는 사실 하나만으로도 소설가로서 여한이 없다. 소품임에도 표제작으로 선정된 「마시멜로 언덕」(미발표)은 무려 이십년 전에 쓴 작품이다. 오늘의 청춘들도 불안과 막막함의 '언덕' 위에서 얼마나들 안타까우신가. 이렇게 보잘것없는 이야기를 소설로 써도 되나, 부끄러워했던 기억이 생생하다.

「연금술사에게」(『문예중앙』 2005년 가을호)와 「아디오스 탱고」(웹진 『문장』 2006년 3월호)는 데뷔 초기에 발표할 기회를 얻었으니 운이 좋았다. 찰나의 아름다움과 강렬한 여운이 없다면 무슨 재미로 단편을 읽겠는가. 그러나 언제나 그랬듯 꿈은 거창했지만 결과물은 부족했다. 이 모습 이대로 독자님들께 떠나보내며 변명을 보태자면, 그래도 그 부족함은 30대 초반이던 나의 최선이었을 것이다. (발표작의 경우, 소설 속 소재를 현재에 맞게 다소 수정했음을 밝힌다. 양해 바란다.)

모두 미발표작인 「옛 노래 1」과 「옛 노래 3」은 육아일기의 짧은 메모에서 시작되었다. 그 후 숙성의 과정을 거쳐 소설로 변주된 뜻밖의 결과물이다. 요람에 누워 있는 아이와 일방적인 대화를 나누거나 신발이 닳도록 뛰어노는 아이를 쫓아다니며 작업을 이어갔다. 안 믿어질 수도 있겠지만, 인생과 예술의 비밀을 아이를 통해 많이 배웠다. 또다른 미발표작 「누군가」는 틀에 박힌 거룩한 신﹅이 아닌 '생활밀착형' 신을 만나는 과정을 그린 소설이다. 그런데 오십 평생을 모태신앙인으로 살아온 내가 '누군가'란 인물로 그려낸 '절대자'의 모습은 이렇게나 밋밋하다. 부끄럽다. 다음엔 더 잘 쓰겠다.

사실, 3년 전 펴낸 첫 장편 『힐』도 악성재고로 창고에 쌓여 있다. 읽는 이 하나 없는데 자꾸 소설을 쓰는 것, 즉 시장에서 소비자로부터 선택되지 못하는 상품을 자꾸 생산해내는 것, 이것이 내가 가장 오랜 시간 공들여 해내는 일이다. 뭣도 모른 채 나는 해답 없이 글을 쓴다. 의문과 혼돈에 휩싸인 채 글을 쓴다. 체제 안의 언어로 체제 밖의 이야기를 가공한다. 나는 이런 내 삶이 재미가 있지만 나의 재미를 타인에게 강요할 순 없다. 그래서 이 순간 이 글을 읽어주는 모든 분들께는 마음을 다해 감사할 뿐이다. 또한 열일곱의 인생을 치열히 살아내는 아들 성건과 남편, 가족들, 친구들에게도 고마운 마음 전한다.

새 책이 나오니 아빠 생각이 더 난다. 아빠가 계셨다면 정말 누구보다 기뻐하셨을 텐데. 나는 아빠에게 늘 대들던 딸이었지만 이래봬도 아빠의 판박이였다. 투쟁하듯 아빠를 사랑할 수밖에 없었던 까닭은 나의 더러운 성질 탓도 있겠지만, 아빠와 딸이 부딪힐 수밖에 없는 가부장제란 구조 때문이었다. 그래도,

아빠로 인해 터득한 삶의 전투력은 쓸모가 있었다. 안 그랬으면 무명 소설가는 진즉에 소설 나부랭이 같은 건 쓰지도 않았을 것이다. 내가 기억하는 가장 멋진 아빠의 모습으로, 아빠가 기억하는 둘째 딸의 가장 사랑스럽고도 대견한 모습으로 아빠와 나는 다시 만날 것이다. 그날에도 나는 아빠한테 따져 물을 것이다. 아니 아빠, 그렇게 가버리면 어떻게 해, 내가 아빠를 얼마나 그리워했는지 알기나 해…….

이 부족한 소설집을 2년 전 췌장암으로 고단한 삶을 마감한 나의 아빠 김요식(1937~2016)의 영전靈前에 바친다.


2018년 가을
김조을해

# 마시멜로 언덕

초판 1쇄 발행 2018년 11월 15일

지은이 김조을해
펴낸이 안병률
펴낸곳 북인더갭
등록 제396-2010-000040호
주소 410-906 경기도 고양시 일산동구 고봉로 20-32, B동 617호
전화 031-901-8268
팩스 031-901-8280
홈페이지 www.bookinthegap.com
이메일 mokdong70@hanmail.net

ⓒ 김조을해 2018
ISBN 979-11-85359-29-8 03810

이 도서의 국립중앙도서관 출판예정도서목록(CIP)은
서지정보유통지원시스템 홈페이지(http://seoji.nl.go.kr)와
국가자료공동목록시스템(http://www.nl.go.kr/kolisnet)에서 이용하실 수 있습니다.
(CIP제어번호: CIP2018035031)

* 이 책은 경기도, 경기문화재단, 한국문화예술위원회의 문예진흥기금을
  보조받아 제작되었습니다.
* 이 책의 전부 또는 일부를 다시 사용하려면
  반드시 저작권자와 북인더갭 모두의 동의를 받아야 합니다.
* 책값은 표지 뒷면에 표시되어 있습니다.